Taki & Sakura
「闇を飛び越えろ」

「一瞬でベッドに移動できるのは便利だ」

「こ、これは、わざとじゃなくて…」

「念のために試してみるか」

「試す…?」

意味がよく分からないでいるうちに、服を脱がされていた。

彼が覆い被さってきて、佐倉の首筋を露わにする。

「ここにキスするのはどうだ?」

(「光を突き抜けろ」本文P.179より)

Chara

闇を飛び越えろ

洸

キャラ文庫

この作品はフィクションです。
実在の人物・団体・事件などにはいっさい関係ありません。

目次

口絵・本文イラスト／長門サイチ

闇を飛び越えろ

「お、おはようございます」

佐倉祐希《さくらゆうき》はおずおずと呼びかけた。

挨拶《あいさつ》した相手は表情を変えることもなく、よく通る低めの声で返してくれる。

「おはようございます」

佐倉はほっとしながら彼の前を通り過ぎ、心の中で呟《つぶや》いた。

今日もいい日だ。

ここ最近、このちょっとしたやりとりが、密《ひそ》かな楽しみなのである。

彼は佐倉の勤め先があるこのビルの警備員で、この春から新しく配属になった。

前任者は地下の警備員室にいることが多く、あまり顔を合わす機会はなかったのだが、彼はよく入口に立っている。

出勤時で人の出入りが激しい時は、特にそうだ。どうやら任務に忠実な人物らしい。

身分証を見せる必要はないので、入っていく人たちは彼の存在を意識することもなく、前を通り過ぎていく。

でも佐倉は、妙に彼が気になっていた。

それというのも、ちょっとした出来事があったからである。

佐倉はその日、集めた資料の束《たば》を抱えていた。タクシーでビルの前まで乗りつけたので、特に箱詰めにしないでも大丈夫だと思っていた。

ところが、自動ドアを入ったところで一番上のファイルがずり落ちそうになり、それを片手で押さえようとして、バランスが崩れた。

フロアに資料をぶちまける寸前、誰かの腕が素早く伸びてきて、よろめく佐倉の身体《からだ》を支えてくれた。

気がつけば、ファイルごと抱えられるような格好で、佐倉も資料も無事だった。

その腕の主が、新しく配属された警備員の彼だったのだ。慌てて礼を言う佐倉に軽く会釈しただけで、彼は定位置に戻っていった。

助けてもらったせいなのか、不思議とその時のことが忘れられない。

たくましい腕だった。

引き締まった身体つきは、制服の上からでも分かる。帽子のつばで半分隠されているが、男らしい顎《あご》の線に、彫りの深い整った容貌《ようぼう》が見て取れた。

年齢は三十歳手前くらいだと思う。仕事柄なのか、まわりを見る目は鋭く、口数は少なく、いつもほとんど表情を変えない。

なんとなく、彼のもっと違う顔を見てみたかった。笑ったらどんな感じなんだろう、とつい考えてしまう。

助けてもらったとはいえ、気やすく話しかけられる雰囲気はないのだが、無視して前を通り過ぎたくもなかった。

だから次の朝、思い切って挨拶してみたところ、返事をしてくれたのだ。

それ以来、彼と朝の挨拶を交わすのが佐倉の日課になっていた。

彼にしてみれば、佐倉は大勢の中の一人であり、礼儀として挨拶を返してくれているだけなのだろう。

それでも、このほんのちょっとしたことが、朝の活力源なのである。

我ながら単純だと思うが、誰にでもジンクスみたいなものがあると思う。挨拶するようになってほぼ一ヶ月。彼と言葉を交わした日は、不思議といい気分で過ごせるのだ。

佐倉は運動不足を解消するため、エレベーターではなく階段を使うようにしていた。職場は五階だから、多少は運動になる。

上機嫌で階段に向かい、いつもよりスピードを上げ、一気に駆け上がった。


オフィス街にある六階建てのこのビルには、法人や民間の研究機関が多く入っている。環境分析や生活科学といったものや、超常現象研究所というものまであり、佐倉の職場も少々変わっているといえるだろう。

『超心理学研究所』というのがその名称だ。ドアの表示は質素なものだが、中はワンフロア打ち抜きで広々していた。

それぞれの所員のデスクはパーテーションで区切られ、見た目は大手企業のオフィスのようだが、仕事内容はかなり違う。

その証拠に、部屋の一角には『検査室』がある。医療機器のようなものが並んだ、ガラス張りの空間だ。

最新のコンピューターと、データ化されていない膨大な資料。財団法人として研究と活動を行う特殊機関。

佐倉はここで働く研究員である。所長である波多野《はたの》教授の助手だ。

いつものように出勤した佐倉が最初に目にしたのは、その波多野がコーヒーメーカーと格闘しているところだった。

波多野は背が高く、豊かな白髪の持ち主だ。確か五十代半ばのはずだが、どこか年齢不詳のところがある。

朗らかでユーモアがあり、堅苦しさをまるで感じさせない。服装にもあまり頓着せず、色あせたシャツによれよれの白衣を羽織った姿は、とても『所長』には見えない。

でもこう見えて、波多野は世界的にも認められた博士号を持つドクターなのだ。実際に、アメリカの大学で教鞭《きょうべん》を執っていたこともある。

佐倉は彼を心から尊敬し、ある意味、実の父親以上に慕っていた。

ただ一つ、どうしても分からないのは、こんなに頭のいい人が、どうしてコーヒーメーカーなんかが使えないのだろう、ということだった。

「ああ、駄目ですよ、教授、無理やり引っ張ったら」

佐倉は慌ててコーヒーメーカーを救いに飛んでいった。

「だが、どうしてもここが開かなくてな」

「これは上に引っ張るんじゃなくて、横にスライドさせるんです」

佐倉がやってみせると、教授が感心したように首を振った。

「なるほど。それは盲点《もうてん》だった」

佐倉は溜息《ためいき》をついた。

「コーヒーは俺が淹《い》れますから、教授は座っててください」

スライドさせた場所にフィルターとコーヒーの粉をセットする。あとは水を入れてスイッチを押せばできあがりだ。

波多野はカフェイン中毒のところがあるので、佐倉の朝一番の仕事がこれだった。ほかの所員は仕事によって出勤時間がまちまちなため、大抵は佐倉が一番早く来る。

でも今日は遅れを取ったため、波多野が自分で淹れようとしたらしい。

「早いですね、教授。何かあるんですか？」

波多野は気まずそうな顔をした。

「まあ、早いというか、遅いというか」

佐倉は顔をしかめた。

所長である波多野が占有しているスペースは一番広いのだが、一番雑然としている。片付けたくても、彼なりの法則があるらしく、資料などには手が出せない。

さらに、『お客が来た時に必要だろう』とか言って、無理やりソファを置いてしまった。でもそこには、お客が座ることより、波多野が寝ていることのほうが多いのだ。

「またここに泊まったんですか？」

「いや、帰るつもりだったんだが、気がついたら寝てしまっていてね」

「家に帰ってちゃんと休まなきゃ駄目だって、いつも言ってるのに」

「木村《きむら》さんの電話の声が、だんだん怖くなってきてるんだよ。普段はあんなに優しい女性なのに」

本当に怖そうな言い方に、思わず笑ってしまう。

「それは教授が締め切りをぶっちぎってるからでしょう」

「でも、こういうものにはタイミングというものがあってだな」

「三ヶ月前にもそう言ってたじゃないですか、教授」

波多野は新しい本の執筆中なのだが、締め切りはとっくに過ぎている。木村はその本の編集者で、そろそろ締め上げにかかっているらしい。

「できる限り俺も手伝いますけど、あまり無理はしないでください」

「いつも悪いね、佐倉くん」

「教授ももう若くないんですから、身体には気をつけないと」

「耳に痛いことをずばりと言うなあ、君は」

波多野は屈託なく笑った。

彼のこういう明るさに、佐倉はずいぶん救われてきた。こんな風に思ったことを平気で言える相手は、波多野だけかもしれない。

子供の頃の佐倉にとって『他人』は、『怖いもの』と同義語だった。大人になった今も、その感覚はなかなか払拭《ふっしょく》できない。

毎朝、名前も知らない相手と挨拶を交わすことさえかなりの勇気を要することなど、ほかの人には想像もつかないだろう。

なんとなく朝の警備員の顔を思い浮かべ、ふと考える。

彼は仕事上、ビルにどんなテナントが入っているか把握しているはずだ。この研究所のことは、どう思っているのだろうか。

『超心理学』という分野は、まだ日本ではあまり認知されていない。いわゆる『怪しいもの』

と混合されがちだ。

でもアメリカでは実際に犯罪捜査などに使われていて、波多野も向こうにいた頃に協力したことがあるという。

運動能力が高かったり、記憶力に優れた人がいるように、この世の中には特殊な能力を持つ人がいる。

ここはそういう人の能力を調べ、それを活用するための研究機関だった。

波多野は研究者としてだけではなく、彼自身も精神感応者、いわゆるテレパスである。ただし、人の考えていることが分かる、というわけではない。

本人が言うには、ちょっと他人に対する洞察力が優れている、ということらしい。

彼は人の思いを感じ取ることができるのだ。その能力で相手の精神状態を知り、感情を読み取り、嘘を見抜くことができる。

実際に会って話した相手なら、その確率は嘘発見器より上だ。

テレパスでなくても、相手のわずかな仕草や表情で、心を読める人物もいる。

それは『心理学』や『精神行動分析』という、実質的な学問と結びついているので、波多野の研究もさほど異質な扱いはされていないのだと思う。

単純に『超能力』という言葉を使ってしまうと、それはたちまちSFとかマジックとか、もしくは『いかさま』という目で見られてしまうから。

そのことを、佐倉は身に沁《し》みて知っていた。

あれは、九歳になった誕生日のことだ。

たまたま日曜日に重なったので、佐倉は両親とデパートへ行くことになった。

誕生日プレゼントに欲しかったゲームを買ってもらい、そのあと三人でお祝いの食事をする予定だった。

大好きなクリームソーダを飲ませてもらうことになっていたし、佐倉は嬉《うれ》しくてわくわくしていた。

父は仕事で忙しい人だったので、三人で出かけるのは滅多にないイベントだったのだ。

駅からデパートへ向かって歩いている時のことである。交差点で信号が変わるのを、佐倉は足踏みしながら待っていた。

早く行きたくて気が急《せ》いていたから、信号だけを見つめ続け、青になった途端に走り出していた。

スピードを落とさず、交差点に突っ込んできた車に気づきもせずに。

道に飛び出した瞬間、母の悲鳴が聞こえた。佐倉がぎょっとして横を向くと、目の前に迫ってくる車が見えた。

恐怖のあまり動くこともできず、ただ目をぎゅっと瞑《つむ》ったことは覚えている。記憶があるのは、そこまでだ。

きつく瞑っていた目を開くと、迫ってくる車はもういなかった。すぐ近くにあるはずのデパートもなかった。両親の姿も。

佐倉は見知らぬ場所で、一人きりでうずくまっていたのだ。

何が起こったのか、分からなかった。ひょっとして、ここは天国なのかも、と思った。自分はもう死んで、両親には二度と会えないのかと。

不安で心細くて、泣きながら歩いていると、通りかかった人が佐倉を交番に連れていってくれた。

そして、両親に連絡が取れ、佐倉は無事に家に帰ることができた。

だが、不可思議な問題が残っていた。佐倉が見つかったのは、デパートから十キロ近くも離れた住宅街だったのである。

日曜の繁華街には、目撃者が大勢いた。

車の運転手はよそ見をしていたため、信号が変わったのに気づかず、そのまま横断歩道に突っ込んでしまったという。

佐倉に気づいて慌てて急ブレーキを踏んで停《と》まったが、明らかに間に合わなかった。

まわりの人たちはみんな、佐倉が車に轢《ひ》かれて下敷きになったと思ったらしい。

ところが車の下にも、道のまわりにも佐倉の姿がなく、大騒ぎになっていたのだ。のちにまるで違う場所で見つかったという話が伝わって、このことはネットやらなんやらで評判になってしまった。

その結果、『瞬間移動した超能力少年』というような記事が出て、佐倉の家に記者が取材に来る事態となった。

あの時、正確には何が起こったのか、佐倉にもよく分からない。

ただ、『飛んだ』感触だけは残っていた。

目を瞑った瞬間に、ふっと身体が浮いたような感覚。

そして、目を開けた時にはまるで違う場所にいた。あの時のショックと、わけの分からない恐怖。

押しかけてきた記者の質問にそういうことを正直に答えたところ、テレビに出て検証しませんか、という依頼があった。

父は大反対したのだが、事の真相を知りたいという母の意見が通り、佐倉はカメラの前で『瞬間移動』をやってみせることになった。

それは、その筋の『専門家』とか、精神科の医者とか、なんの関係もないタレントとかがゲストにいて、検証するというよりショーのようなものだったと思う。

その結果は、大失敗だった。

何をどうしても佐倉は一ミリも動くことができず、笑いもの扱いにされてしまった。

さらに、あれは両親が仕組んだ芝居で世間を騒がせるためにやったものだ、という悪質なデマまで流れ、嫌がらせの電話が相次いだ。

学校でいじめられたり、ご近所から白い目で見られたり、ひどい目にあってしまった。

さらに最悪だったのは、両親が不仲になったことである。

テレビの『いかさま』騒動のせいで、父も会社でいろいろ言われたらしい。

出演を決めたのは母なので、何かにつけて言い合いが続いた。佐倉自身をめぐっての喧嘩《けんか》もあった。

あれがインチキでもマジックでもなかったことを、両親は知っていた。

実際に目の前で消えるのを見た二人にしてみれば、息子をどう扱っていいか分からなかったのだろう。

特に父にとっては、『気味の悪いもの』に見えたようだ。

父はあのことについて口を閉ざし、なんとなく避けられるようになり、中学に上がる頃には、家を出て行ってしまった。

離婚の原因が自分のせいだと思うと、いまだに母には申しわけない気持ちになる。あんなことがなければ、彼らは幸せな家族でいられたかもしれないのに。

佐倉は今でも考える。

あれが何かのトリックだとして、何をどうしたらあんなことができたというのだろう。マジシャンに消えるマジックのタネを聞きたいものである。

わけが分からないまま、まわりに騒がれたあげくにインチキ扱いされて、佐倉は自分も人も信じられなくなった。

だからあのことを話すのをやめ、あまり考えないようにした。自分でも、夢だったように思うことがある。

それでも、自分の身に起きたことを知りたいという気持ちは、どうしても捨てられなかった。『超能力』について、あらゆるものを読みあさったのはそのせいだ。

その中に、波多野教授の著書を見つけた。

どちらかというと『イロモノ』扱いしている本が多い中、その本だけはきちんと科学的に分析されていて、確かな説得力があった。

自分は『化け物』でも、『いかさま師』でもない、と思うことができたのだ。

二十歳になった頃、佐倉はとうとう我慢できなくなって、波多野がやっているという研究所の門をたたいた。

波多野は思っていたよりも気さくで心の温かい人物で、過去の経験から警戒していた佐倉の緊張をゆっくりほぐしてくれた。

そして佐倉は、ずっと封印していた過去の出来事をすべて話した。

波多野は疑ったり茶化《ちゃか》したりすることなく、きちんと話を聞いてくれ、その能力について教えてくれた。

君の力は、君の命を救ったんだ。それは誰かを不幸にするものではなく、すばらしいギフトなんだよ、と。

あれ以来、佐倉があの力を使えたことはない。

ひょっとすると、命の危機という、絶体絶命の立場にならないと発揮しないのかもしれないが、そんな状況に自らを置いて試してみる勇気はなかった。

なんの力も発揮されず、そのまま死んでしまう確率のほうが高いような気がする。

小さい頃は妖精《ようせい》が見えるのに、大人になったら見えなくなる、という話があるではないか。

それと同じように、大人になったら消えてしまう力もあるのかもしれない。

でも、波多野と話すことで、佐倉は救われた。

だからできれば、同じような体験をした人の助けになりたいと思う。

大学を出たあと、波多野の助手になったのはそのためである。この研究所で働きたいという佐倉の願いを波多野が了承してくれた時は、本当に嬉しかった。

研究所の正式な所員はほかに六人いて、あとは事務などのスタッフだ。六人には大なり小なり、波多野のような能力があり、それぞれ独自の研究と活動をしていた。

その中でも遠藤《えんどう》という先輩所員には、離れたところにある物体や出来事を透視する能力がある。

初めて彼に会った時は感動したものだ。ドラマに登場するヒーローに会った気分でどぎまぎしていたが、いわゆる『霊能者』のように殺人事件の犯人を当てたりはできないぞ、と笑われてしまった。

柔和で人好きのする笑顔を持つ遠藤は、優秀な営業マンのように見える。でも彼は誰かに強く意識を集中すると、その人を『見る』ことができるらしい。

ほんの一瞬、短いシーンしか見られないそうなのだが、その能力は人捜しに適している。どんな場所にいて、何をしているか、ということが手がかりになるからだ。

実際に彼らはそれぞれ、必要とされる場所で活躍していた。

たとえば重要な交渉の場で、相手がどう思っているか、どこまでなら要求を吞《の》むか、などという情報は貴重だ。

波多野は一緒に立ち会うことで、その情報を与えることができる。彼を必要とする企業は多く、さらに政府機関からの依頼もあった。

もちろん、『超能力者』を雇った、などと言ったら対外的にまずいので、表向きはアドバイザーということになっている。

所員には波多野と同じ精神感応者が多いが、その能力には個人差があった。

人の思考に共鳴する力が強すぎる女性もいて、以前は精神的な病気だと思っていたという。

相手に頭の中を乗っ取られたような状態になり、自分を見失ってしまうからだ。

でも波多野のところで検査と訓練を行った結果、彼女は今、優秀なカウンセラーである。

この研究所は人の持つ特殊な能力を開発し、さらにそれを生かしているのだ。

ここで働くようになって二年、佐倉は二十四歳になった。ここまで何もなかったのだから、ほかのメンバーとは違い、もうなんの力もないのかもしれない。

それでも波多野の研究を手伝ったり、みんなの手助けをするのが楽しかった。

ここでは過去の体験を話しても、誰も疑ったり気味悪がったりしない。自分の居場所を見つけられた気がする。

特に波多野は、もうずっと会ってもいない父より近しい存在だ。

母は離婚のことで佐倉を責めなかったし、佐倉の能力を理解しようとしてくれていたと思う。でも、再婚相手とその連れ子には、あの時のことを話さなかった。

大学生になっていた佐倉はその気持ちを察し、母の結婚を機に家を出て一人暮らしを始めた。

義理の父はいい人で、六歳下の妹もかわいい。でももう、あの家は自分の家ではないような気がする。

今の佐倉にとって、波多野が唯一の家族のようなものだ。

もっかのところの心配は、研究に没頭すると寝食を忘れてしまう波多野の健康状態だった。

できあがったコーヒーを持っていこうとしたところ、足元のダンボール箱につまずきそうになった。

「教授、何か取り寄せたんですか？」

「それは昨夜、うっかり間違って受け取ってしまったんだ」

「また下の階ですか？」

「あとで謝りがてら持っていくよ。それより、いい香りだな」

「ああ、はい、どうぞ」

佐倉がコーヒーをテーブルに置く。波多野は嬉しそうにカップを口元に運んだ。

「うまい」

彼は甘党なため、コーヒーにも砂糖とミルクをたっぷり入れる。

糖分の取り過ぎも心配要因なので、佐倉はこっそりカロリー控えめなものと替えていた。味は変わらないようなので、とりあえずは胸を撫《な》で下ろす。

「佐倉くんみたいな嫁さんが欲しいなあ。優しいし、気が利くし」

しみじみと言う波多野に笑ってしまった。

「教授はアメリカにいた頃、結婚されてたんですよね」

「相手は金髪の美女だったんだよ。私はこれでも昔はけっこうモテたんだ」

軽くウィンクして、少し遠い目をする。

「五年で別れてしまったが、彼女と暮らした日々はいい思い出だ」

離婚したあと、波多野は日本に戻ることを決めたらしい。たぶん、まだその女性を愛していたから、傍《そば》にいるのがつらかったのだろう。

「教授なら、きっとまたいい人が現れます」

真面目《まじめ》な顔でそう言うと、波多野が面白そうに眉《まゆ》を引き上げた。

「もう若くないのに？」

「恋愛に歳《とし》は関係ないでしょう」

「君のほうこそどうなんだい？　君みたいなハンサムなら…、今はイケメンって言うんだっけね？　昔の私に負けず劣らずモテモテだろう」

「そんなことないです」

「若いうちは遊ぶのもいいけど、結婚もいいもんだぞ。離婚した私が言うのもなんだけど」

「俺は遊んでないし、結婚なんて考えてもいません。相手がいないもので」

「そうなのか？　最近楽しそうだから、好きな人ができたかと思ってたんだが」

佐倉はぎょっとしてしまった。

「べ、別にそういうわけじゃ…」

「私には隠せないよ。感情の高まりは特に朝が強いから、通勤電車の中で会う人かな？」

「違いますって。勝手に人の心の中を読まないでください」

「別に読んでるわけじゃないよ。君からの電波が強いから、つい受信してしまうんだ」

「それは誤作動です！　ともかく、そういうんじゃないですから！」

佐倉はうろたえ、この話題から逃れようと頭を絞った。

「ここに泊まったってことは、またコーヒーしかお腹に入れてないんでしょう。空腹だから変な勘違いをするんです。何か朝食を買ってきますから、待っててください」

なんとか用事を作り出し、佐倉はそそくさとその場から逃げ出していた。


研究所を出て階段を下りながら、佐倉は奇妙に跳ねる心臓の鼓動を感じていた。

好きな人ができた？　毎朝会う人で？

頭に浮かぶのは、一人しかいない。あの警備員だ。

彼とはビルの入口で挨拶を交わすだけで、波多野の言うような相手じゃない。第一、男性ではないか。

確かに、妙に彼のことが気になっていた。言葉を交わしたいとか、笑った顔が見たいとか思った。

でもそれは助けてもらったからで、恋愛とは違うもののはず…。

考えているうちに、なんだか自信が揺らいできてしまった。

佐倉は波多野の能力を知っている。

彼が感じ取ったものが、佐倉自身すら気づいていない感情だったとすれば…。

思わず足が止まってしまう。本当にそんなことがあるだろうか。過去の恋愛経験を思い出してみても、あまり参考になりそうにない。

両親の離婚を機に引っ越したため、佐倉は中学から心機一転することができた。

超能力話に飽きて、もうまわりの騒ぎも収まっていたし、名字も変わったからまわりに知っている人はいない。

佐倉はサッカー部に入り、すべてを忘れて、普通の学校生活を過ごすことができた。

中学、高校とずっとサッカーに没頭していたので、女の子と付き合う暇はなかった。でも高校卒業が近くなった頃にクラスメイトの女の子に告白されて、付き合うようになった。

初めてのことでよく分からなかったから、一緒に図書館で勉強したり、ファストフード店で食事したりしたものだ。

彼女は佐倉が超能力に興味があるのを知ると、そういう関係の本や映画を探してくれたし、すごく話しやすかった。

佐倉は『秘密』を抱えていたので、それまでまわりの人と距離を置いていた。

サッカーに打ち込んでいたのは、身体を動かしている時は、何も考えなくていいからだ。

過去の経験が、人を信じて心を打ち明けることにブレーキをかける。だから本当の友人だと思える相手もいない。

でも付き合ううちに、だんだん彼女の存在が大きくなってきた。恋愛ってこういうものかなあ、などと思ったことを覚えている。

だからつい、彼女に話してしまったのだ。あの交差点で『飛んだ』話を。

その時、何を期待していたのか分からない。ただ、信じてほしかったのだと思う。『インチキ』だと言われて傷ついた佐倉の気持ちを、分かってほしかった。

彼女は全部聞いたあと、大笑いした。そして、まわりに言い触らした。

その結果、誰かがネットでテレビに出た話を探し当て、またしても佐倉は注目される羽目になってしまった。

いじめられていた小学校時代の経験から、佐倉もそれなりに学習している。

だから、あんなものはテレビのヤラセだとか、ただのショーだとか、超能力をギャグのように扱って、笑い話としてごまかし通した。

でも、顔では笑いながら、心の中では傷ついていたのだ。彼女の態度にも、真実を茶化さなければならないことにも。

その後、波多野に出会うまで、佐倉は誰にもあの出来事を話していない。

大学生になって何度かほかの女の子ともデートしたのだが、警戒心が働いて、深く付き合うことができなかった。

女性不審というほどのことではないと思う。ただなんとなく、女性と付き合う気になれないのだ。

でもだからといって、男性を好きになるものだろうか。

だいたい男性だって、『超能力話』を真面目に聞いてくれるとは限らない。父のような反応が普通である。

波多野や研究所のメンバーは特別なのだ。

佐倉は溜息をつき、再び階段を下り始めた。波多野が何を感じ取ったにしろ、どのみち彼とどうこうなることはないだろう。たぶん、友人にすらなれない。

彼と挨拶すると気分がよくなるのは認めるが、それだけのことだ。

彼が別の場所に異動してしまえば、それきり会うこともなくなり、佐倉はまた別の警備員に挨拶するだけである。

そう結論づけて足を速めたところ、下から上がってくる人物に気がついた。

なんと、警備員の彼だ。見まわりとか、何かの用事で、彼も階段を使っているのだろう。

心臓の鼓動が速くなって躍り出す。

波多野があんなことを言ったせいで、変に意識してしまう。ここは狭い階段で、逃げ場はない。いつものように軽く挨拶しなければ。

おはよう、はもう言ったので、今度はこんにちは、と言えばいい。

「こ、こんにち…」

踊り場を曲がってきた彼に声をかけようとした時である。動揺していたせいか、足元がもつれた。

手すりにつかまり損ね、つまずいたような格好で、身体がぐらっと前のめりに倒れる。

「うわっ！」

階段から転げ落ちる、と覚悟した。

だが佐倉が落ちたのは階段の下ではなく、力強い腕の中だった。

「あ…っ」

彼に受け止められた瞬間、勢い余って佐倉の唇と彼の唇が触れた。

頭の中で、何かが弾《はじ》けた。

ふわっと身体が宙に浮く感覚。

視界がブラックアウトする。何かよく分からない衝撃。

激しい耳鳴りがして、何も聞こえない。そのあと、急に静かになった。

「おい」

静けさを破って頭の上から聞こえた声に、佐倉は我に返った。

視界を占める、紺色の制服。

そこに顔を埋めるようにしていたから、何も見えなかったのだ。つまり、彼の胸に思い切り抱きついているということである。

「あっ、ご、ごめん！」

慌てて頭を起こして身体を離す。すると、目の前に彼の顔があった。

帽子をかぶっていないので、いつものストイックな印象が少し緩和されている。秀でた額に、すっきりとした鼻梁《びりょう》。

目があった瞬間、どきりと心臓が鳴った。

鋭くて冷たいように感じていたのに、間近で見ると少し違う。何か、いろいろなものを内包しているような眼差《まなざ》し。

不思議と心が惹《ひ》きつけられる。そこに何があるのか知りたくて、目が離せなくなってしまう。

「どこか打ったか？」

ぼうっとしていたせいか、心配そうに彼が聞く。佐倉は慌てて首を振った。

「だ、大丈夫」

「意識ははっきりしてるな？」

「たぶん」

「それなら、何が起こったか分かるか？」

「え…？」

きょとんとしてしまう。もちろん、分かっている。階段から転げ落ちて、またしても彼に助けられたのだ。

そうだ、まずは礼を言わなければ、と思った時、おかしなことに気がついた。

ここは、階段じゃない。さらに言うなら、ビルの中でもない。

ようやく彼の顔から目をはずし、まわりを見てぎょっとした。彼らは、原っぱのような場所で、風に吹かれていたのである。

「こ、ここは…？」

「こっちが聞きたい」

彼は軽く肩をすくめた。

「気がついたら、この場所にいた」

腕時計を見て、針の位置を確認する。

「時間もたってないな。どうやら一瞬で移動したようだ」

「あ…」

階段から落ちた、あの一瞬。

確かにあの時、身体が宙に浮く感覚がした。かつて一度だけ経験した感覚だ。

呆然《ぼうぜん》としてしまう。信じられない。ずっと何も起こらなかったのに。今頃になって、こんなことになるなんて。

しかも今度は一人ではない。よもや誰かと一緒に『飛ぶ』ことができるとは思わなかった。

「これは、俺のせいかも…」

「どういうことだ？」

不審そうに向けられた視線に、ごくりと唾《つば》を呑み込んだ。

こんな事態になってしまっては、変なごまかしは通用しないだろう。とはいえ、ずっと隠してきたこの力のことを、人に話すには勇気がいる。

気味悪がられて拒絶され、頭ごなしに否定されるのはつらい。かつて、まわりの人々がそうだったように。

でも、彼に真実を歪《ゆが》めて話すこともしたくない。

佐倉は迷いながら、とりあえず自己紹介することにした。

「あの、言うのが遅れましたが、俺は佐倉祐希です。『超心理学研究所』というところに勤めてて」

「ああ、知っている」

その言葉に、こんな状況にもかかわらず、ぱっと心が浮きたった。

もちろん毎朝顔を合わせているし、彼は仕事としてビルに出入りする人間の顔を覚えているのだろう。

それでも、少しはほかの人より印象に残っているのかと自惚《うぬぼ》れてしまう。

「俺は滝《たきり》亮《ょう》介《すけ》だ」

差し出された手を握ると、胸がどぎまぎして熱くなる。

こんな見知らぬ原っぱで、彼と握手しているなんて。ずっと朝の挨拶しかできなかったのに。

「あのビルの五階と四階は、特にチェックしていた」

続けられた彼の言葉に、浮き上がった心が一気に沈んだ。

五階は佐倉たちの『超心理学研究所』で、四階には『超常現象研究所』がある。

佐倉が印象に残っていたのは、怪しい団体だと思われて、警戒されていたからなのだ。

「うちはそんな、怪しい研究所というわけじゃなくて…」

「以前、四階に騙《だま》されたという男が乗り込んできて、騒ぎになったことがある」

「そ、そんなことが…」

「誰がどんな研究をしようと自由だが、犯罪行為は見逃せない」

彼の厳しい眼差しに、今度は背中がぞくりと冷えた。

超能力は犯罪ではないはずだが、本人の意思に反してこんな場所に連れてきてしまうのはどうなのだろう。

事実を打ち明けるのが怖かった。ただでさえ、不審感を持たれているのに。

何をどう言えばいいか分からない。何をどう言ってもまずい気がする。

この異常事態に、彼は信じられないほど冷静だ。それはたぶん彼の性格で、危機対処に長《た》けているからなのだろう。

まずは現状を把握し、理解しようとしているのだ。

超能力で移動した、などといきなり言ったら、ますます怪しまれてしまう。

父は理解できないことを『なかったこと』にしようとし、最後には佐倉のことを捨てていった。

せっかく彼の名前を知ることができたのに、異常者とか、犯罪者だとか思われたくない。どうすればうまく説明できるのだろう。

佐倉自身にすら、よく理解できていないのに。

「それで、これはどういうことなんだ？」

尋問口調で聞かれ、佐倉は震えた。

「それが、その…」

「お前のせいだというのはなぜだ？」

「あ…」

佐倉は顔を伏せて彼の視線から逃れ、必死で言葉を絞り出した。

「できれば今は、何も聞かないでほしい」

「今は言えないわけでもあるのか？」

「うちの研究所に来て、波多野教授の話を聞いてほしいんだ。俺よりうまく説明できると思うから」

悪い事態をいくらかでも回避する方法は、これしか思い浮かばない。

「頼むよ、滝さん、今は…」

滝はしばらく沈黙していたが、やがてふっと息を吐いた。

「分かった」

ほっとして見上げた彼の顔には、特に怒りも困惑も浮かんでいなかった。

もっと違う顔が見たいと思っていたが、今はいつもと変わらない無表情になんとなく安心する。

「あ、ありがとう」

「言いたくないことを無理には聞かないから、そう怯《おび》えるな」

「え…」

子供の頃に植え付けられた、『人』に対する恐怖。それは『飛ぶ』ことと結びついているから、彼にも伝わってしまったのだろうか。

ちょっと感動してしまう。こんなおかしな状況で、限りなく怪しいのに、彼は佐倉の気持ちに配慮してくれたのだ。

初めて飛んだ時、無遠慮に質問を投げかけてきた人たちとはまるで違う。

「あとでちゃんと話すよ。滝さんが聞いてくれるなら」

「いいだろう。今はお互い混乱してるしな」

どこが混乱してるんだろう、と思うほど落ち着き払った態度で、彼は辺りを見まわした。

意味不明な問題より、現実問題に頭を切り換えたらしい。

「まずはここがどこか調べて、ビルに帰るとするか」

滝はそう言うと、先に立って歩き出していた。


「ほう、二人同時とは興味深い」

事の次第を聞いた波多野が、無精髭《ぶしょうひげ》の生えた顎《あご》を撫《な》でながら言った。

彼らがいた原っぱは、海の近くに作られた埋め立て地の中だった。まわりは倉庫などが多く、人通りの少ない場所である。

広い道まで歩いてタクシーを拾い、もといたビルまで戻ってきたところだ。

滝は同僚に連絡を入れたあと、研究所まで来てくれた。

もし逆の立場なら、自分は相手を質問攻めにしたに違いない。でも彼は佐倉の願い通り、タクシーの中でも沈黙を守っていた。

今もすすめられるままに波多野のソファに座り、佐倉と波多野の会話を聞いている。顔は相変わらずの無表情で、何を考えているのか分からなかった。

「距離的にはどれくらいだった?」

波多野の質問に、佐倉は頭の中に地図を思い浮かべ、ざっと計算した。

「十キロぐらいだと思います」

「前の時も同じくらいだったね？」

「はい。俺が移動できる距離がそれくらいということでしょうか」

「まだ結論づけるのは早いよ、佐倉くん。訓練によって、力はコントロールできるようになるんだ」

波多野は滝のほうへ目を向けた。

「滝くんだったね。君はさぞ面食らったことだろう」

「確かに」

淡々と答える彼は、それほど驚いたとは思えないほど落ち着いて見える。

波多野は面白そうに目を細めた。

「君はとても理性的で、現実的な人だね。なかなか得難い資質の持ち主だ」

「それはどうも」

「君のような人なら、佐倉くんと君が経験したことを、理解してもらえると思う」

「それはまだなんとも言えません」

かすかに皮肉が混じる言いまわしに、初めて彼の複雑な心情がうかがえた。

実際に起こったことだとしても、疑いや不審感を持つのは当然だ。過去の騒ぎでも、より納得できる結論のほうに、人々は飛びついた。

ただ頭ごなしに『なんのトリックだ』と言わないところが、彼の公正さを示しているように思う。

波多野が落ち着いた声で聞いた。

「君は超心理学について、どれくらい知っている？」

「こちらの研究所の名前だけです」

「では、超能力については？」

「スプーン曲げくらいですね」

「あれは念動力の一種で、心的な力で物を動かす能力だ。だが、まあ、ほとんどはショーのようなもので、本物はそう多くはいない」

波多野は少し微笑《ほほえ》んだ。

「私は人の動作や思考を、電気エネルギーだと考えてきた。電気に触れれば感電するように、エネルギーに過敏に反応する人もいる。もともと人間には、超感覚的な知覚があるものだ。嫌な予感がしたり、相手が何か隠していると感じたり」

熱弁を振るう時の癖で、手を振りまわす。

「それは虫の知らせとか本能とか、納得できる名で呼ばれている。ベテラン刑事のように、経験によって磨《みが》かれることもあるだろう。嘘をついているのを見破り、怪しい容疑者を見つけ出すとか」

ふと気づいたように、波多野が手を下ろした。

「いや、すまんな、説明が長くなった。能力は個人によって差があり、中には検出可能なほど強い人物がいるということだ。佐倉くんの場合は、非常にまれなケースだな」

「つまり、彼の能力によって十キロ先まで移動したと？」

「テレポーテーション、瞬間移動だ。自分の身体で空間を飛び越える」

「本当にそんなことが可能なんですか？」

「人の脳には、まだ解明されていない部分が多いんだよ。彼のような能力も、一括《ひとくく》りで分類できるものではない。超心理学は発展途上の研究なんだ」

滝は頭痛がするかのように額を撫でた。

「ここの四階には、超常現象研究所というのもありますね。あそこも似たような研究をしているわけですか？」

その名前を聞くと、急に波多野は顔をしかめた。

「まったく違う。あそこは霊能者が未来を予言するとか言って、人から金をまきあげている。あんなものはただのペテンだ」

「俺には霊能力も超能力も同じように思えますが」

「悲しいかな、それが一般の人たちの見解のようだね。よりにもよって、どうして同じビルにあの研究所があるのか分からんよ。真面目に引っ越しを考えているところだ」

本当に悲しそうだったせいか、滝が軽く咳払《せきばら》いをして言った。

「とりあえず、話は分かりました。こちらは人の特殊な能力を研究していて、彼もその能力を持つ一人だということですね」

「理解してもらえたか？」

「一応は」

「質問があれば答えるよ」

「これだけ聞けば十分です」

話は終わったというように、彼が立ち上がった。

「では、仕事に戻りますので」

礼儀正しく礼をして出口へ向かう。ふと波多野が呼びかけた。

「ああ、滝くん？」

「はい？」

「できれば、彼やこの能力のことを異質な目で見ないでやってくれ」

波多野の言葉に、佐倉のほうがどきりとしてしまう。彼がちらりと佐倉に目を走らせた。

「そんなつもりはありません」

それだけ言ってドアから出ていく。佐倉は思わず、彼のあとを追いかけていた。

エレベーターホールに姿がなかったので、階段に向かう。ちょうどさっきコケた踊り場のあたりで、佐倉は彼に追いついた。

「滝さん！」

振り向いた滝は、落ちていた帽子を拾い上げたところだった。どうやら、帽子だけがそこに残されていたらしい。

彼は佐倉を見上げて顔をしかめた。

「走るな。また落ちるぞ」

少々赤くなってしまう。

「助けてもらったのは二度目だね」

彼はかすかに口元を引き上げた。

「そうだな」

「前の時も、さっきも、助けてくれてありがとう。それに、こんなことになって迷惑かけてごめん」

「別に謝ることでもないだろう。この研究所が何をしてるか聞けて、俺としてはむしろ安心した」

「でも超能力なんて、気味が悪いだろ」

「宇宙人に誘拐されるよりはマシというところだ」

冗談とも本気とも言えない口調で言って、帽子を目深にかぶる。

「足元には気をつけろ。もっとも、あんな力があるなら、もう助ける必要はないな」

「そんなこと…」

うまく返事ができないでいるうちに、彼は階段を下りていってしまった。

佐倉はなんとなく気落ちしながら、研究所に引き返した。

よりにもよって、滝といる時に力が発動してしまうとは。おかげで、ずっと人に言えなかった最大の秘密を打ち明けることになってしまった。

朝の挨拶しかしていない相手に、いきなり超能力話をされるとは、彼も思わなかったことだろう。

宇宙人と同列に思われるのも仕方がない。

でも、二人して変な場所に飛んでしまったから、挨拶以上の会話ができたのだ。

そのことに、ちょっと喜んでいる自分もいる。我ながらおかしな話だった。

握手したくらいでどぎまぎしたり、彼の目に見惚《みと》れてしまったり。こういう落ち着かない感覚はいわゆる…。

佐倉は頭を抱えたくなった。

波多野が言った通り、この気持ちは『恋』なのだろうか。

そうだとすると、男同士の上に、さらなる障害を作ってしまったことになる。

彼は超能力の話を聞いても、大笑いしたりしなかった。気味悪がったりもしなかった。でもだからといって、好感度がアップしたとはとても思えない。

これでは、すでに失恋が決定したようなものではないか。どうせかなわない恋なら、気づかないままのほうがよかったのでは。

ぐるぐる考えながらドアを開けた瞬間、段ボール箱が頭の上に降ってきた。

「わっ！」

咄嗟《とっさ》に手をあげて身を屈める。避けきれずに段ボール箱が腕に当たったが、たいした衝撃もなく下に落ちた。

どうやら中身は入っていないらしい。

空箱を投げつけた人物に向かって、佐倉は顔をしかめてみせた。

「何するんです、教授」

「ふむ、驚いたくらいでは飛ばないようだね」

佐倉は溜息をついた。

「前にも試したじゃないですか」

「時を置いて能力が成長したのかもしれないだろう。今なら違う結果が出ると思うんだが」

波多野に過去のことを打ち明けたあと、佐倉は何度か検査を受けた。

ＥＳＰカードを当てる、というようなものではなく、脳波を測りながら様々な反応を引き出すことで、放出される特殊なエネルギーを検出するのだ。

今までその検査で何か出たことはない。

「どうして今回いきなり力が復活したのか、俺にも理解不能です。さっきのは、別に命の危機ってわけじゃなかったのに」

「何か引き金になるものがあったのかもしれないね。飛ぶ前の行動で、思い当たることはあるかい？」

佐倉は思い返してみた。

あの時、階段から落ちそうになり、滝が腕で受け止めてくれた。そこまでは、前回助けられた時と同じだ。でも今回は、一瞬、唇が触れて…。

そうだ。ほんのわずか、触れただけではあるが、彼とキスしてしまったのだ。

思い出すと急に心拍数が跳ね上がる。

だがあれは、事故のようなもので、何かの拍子に手が触れたのと同じことだ。変に意識しているのは佐倉だけだろう。

あのあと、気がつけば彼にしがみついた格好で原っぱにいた。

「階段から落ちるくらいのことは、今まで何度もありましたよ。サッカーの練習中にゴールポストに激突したり、自転車とぶつかった時のほうが危なかったくらいです」

いつ、どういうきっかけで『飛ぶ』のか分からないのは、困りものである。しかも、一緒にいるか、触れている人まで飛んでしまうとは。

いったい何が引き金になって起こるのだろうか。

遠藤のように、強く集中すれば『見える』というほうが役に立つ力だと思う。

今回は人通りのないところに飛んだからよかったものの、人混みの真ん中に飛び出たりしたら、前のような騒ぎになってしまったかもしれない。

「俺もまだ半信半疑なんです。昔のことが俺の妄想じゃなかったと分かったのは嬉しいように思いますが、戸惑いのほうが大きくて」

「気持ちは分かるよ」

「どうすればコントロールできるようになるんでしょう。このままだと、滝さんみたいに迷惑をこうむる人がまた出るかも…」

「彼は何か言ってたかい?」

「…宇宙人に誘拐されるよりはマシだと」

「ふむ、それは面白い見解だ」

波多野はくすくす笑った。

「笑い事じゃありませんよ、教授。彼はすごく理性的な人だから騒がないでくれましたが、世の中、そんな人ばかりじゃないですし」

「彼はなかなか興味深い人物だね。もしかすると、彼が触媒のような役割をしたのかもしれない。できれば一緒に検査を受けてもらえるといいんだが」

佐倉はぎょっとした。

「そんなこと、とても頼めません。ただでさえ、変なことに巻き込んだのに」

「彼からは戸惑いや疑念は感じられたが、嫌悪感はなかったよ」

「え…」

では彼に嫌われてはいない？　それだけで、どっと安堵《あんど》が押し寄せる。

「あまり気に病まないことだ。心的な力は精神状態に左右される。もっと彼と話してみるといい。何か分かるかもしれないよ」

佐倉は探るように波多野の顔を見た。

「滝さんは、俺のことをどう思ってました？」

「さあ。私には思考を読むテレパシーはないからね。それは君自身で確かめないと」

にこやかに笑う波多野からは、何も読み取れない。

自分にもテレパシー能力があればいいのに、と佐倉は思わずにいられなかった。


「お、おはようございます」

緊張して声をかけると、今日もいつもと同じ返事が返ってきた。

「おはようございます」

特に表情を変えることもなく、滝の態度は何も変わらない。

ほっとすると同時に、いくらか失望も感じてしまう。前より彼に近づけた気がしていたからだろうか。

とはいえ、避けられたり、嫌な顔をされるよりはずっといい。

あれから三日間、佐倉は波多野と検査を続けていた。でもやっぱり前と同じで、何も出なかった。

同じ階段から飛び降りたりしてみても、飛べそうな気配はまったくない。

さらに調べるには同じ状況を再現する必要がある、と波多野に言われ、佐倉は迷っていた。

正確に再現するには、滝にも参加してもらわなければならず、それを頼む勇気が出ない。

彼の態度が変わらないのは、父と同じように『なかったこと』にしたいからではないだろうか。

わざわざ話を蒸し返して、朝の挨拶すらできなくなるような事態は避けたかった。彼への気持ちを自覚してしまったために、これ以上、嫌われるような真似《まね》はしたくない。

でも波多野の実験や論文作成に協力しているうちに、学んだことは多い。やはり自分の力を知り、コントロールしたいという気持ちは強かった。

滝は『飛んだ』あとも至極冷静だったたし、話もきちんと聞いてくれた。佐倉のことを『化け物』扱いもしなかった。

話したことを、誰かに言い触らしたりもしていないと思う。

何事にも動じないような人なのだ。もしかすると協力してくれて、これを機会に、挨拶以上の会話ができるようになるかもしれない。

今まで誰にも言えなかった秘密を、彼にはもう知られているのだ。こうなったら、当たって砕けてみるしかないのではないだろうか。

『彼と話してみるといい』

波多野は自分で確かめろと言った。怖いからといって、逃げているだけでは駄目だと思う。自分で行動しなければ、何も始まらない。

滝と話そうと決意はしたが、仕事中に彼の邪魔はできないだろう。警備員室を訪ねるのも気が引ける。

そこで、勤務が終わる時間を見計らい、帰るところを捕まえよう、と考えていた。

ちょうどその頃、波多野の論文が佳境を迎え、その手伝いのためにかなり遅くまで居残るようになっていた。もう少し落ち着いてから実行するのがいいだろう。

とりあえず、忙しいと食事を忘れてしまう波多野のために、夕食を買ってこようと研究所を出た時である。

階段を下りていく途中で、上がってくる滝に再び出くわした。

警備員の規程なのか分からないが、ビル内を移動する時、彼は階段を使っているらしい。ほとんどの人がエレベーターを使っているから、階段ホールには二人きりである。

これは、チャンスだ。でも急な出会いに、まだ心の準備ができていなかった。

「こ、今晩は」

「今晩は」

彼が挨拶を返してくれて、すれ違う。五段分ほど離れた時に、佐倉はくるっと振り向いた。

「滝さん！」

呼びかけた声が階段ホールに響き渡り、彼はちょっと驚いたように足を止めた。

決意が萎《な》えてしまわないうちに、勇気を振り絞って言う。

「話があるんだけど、少しいい？」

「なんだ？」

「この前、滝さんに瞬間移動の話をしただろう？」

「ああ」

「この力は俺には制御不能で、いつどこへ飛ぶのか分からない。コントロールするためには、再現して検証する必要があるんだ。できれば、一緒に検査を受けてほしいんだけど…」

「検査？」

「誓って変なものじゃない。ちゃんと科学的な検証で、学会でも認められてる。絶対に滝さんの嫌がることはしない。だからもしよかったら、仕事のあと、時間がある時に参加してもらえないかな」

速まってくる心臓の鼓動を感じながら、返事を待つ。

彼はしばらく考えるような間を置いた。

「俺にはそういう力はないぞ」

「でもあの時は一緒に飛んだわけだし、正確に再現したいんだ」

「またどこかへ飛ぶわけか？」

「同じことが起きるかどうかは、分からない。あれから何も起こってないし」

実際のところ、また飛べるかどうかは微妙なところだ。むしろ、変な場所に飛んでしまったら困る気がする。

上から佐倉を見下ろしている彼の顔は、いつもと同じだった。不快そうにしかめられてもいない。

こういう話をしても、それほど嫌がられてはいない感じだ。

もし了承してくれれば、彼と一緒にいられる。検査よりも何よりも、そのほうが楽しみかもしれない。

どきどきして見つめていると、彼の口からふうっと溜息が漏れた。

「俺は超能力や超常現象には興味がない」

「あ、うん、分かってる」

佐倉は急いで頷《うなず》いた。

断られるのは予想していたはずだ。ショックを受けることでもない。頭ごなしに拒絶しないで考えてくれただけで、十分だと思う。

「わけの分からない検査なんか迷惑だよね。変なこと頼んでごめん」

なるべく平然と言おうとしたのだが、彼のほうは見られなかった。

おかしな下心があったせいか、佐倉自身のことを『興味がない』と言われた気がする。なんとなく、いたたまれない。

「じゃあ、俺は用事があるから」

そそくさとその場を離れようとすると、呼び止められていた。

「ちょっと待て」

「な、何?」

「別に迷惑とは言っていない」

「いいんだ、気にしないで。関わり合いになりたくない気持ちは分かるし」

「いや、俺は…」

彼が何か言いかけた時、すさまじい爆発音が轟《とどろ》いた。

衝撃で階段が振動する。佐倉は咄嗟《とっさ》に手すりにつかまった。

「な、なに…」

火災報知機が鳴り出し、耳にがんがん響く。動揺して滝のほうに目をやると、彼は厳しい顔で上を見上げていた。

「この上の階だ」

そう言うやいなや、階段を駆け上がっていく。

上の階？　そこには今出てきたばかりの研究所がある。波多野がまだ一人だけ残っているはずだ。

嫌な予感がして、佐倉も慌てて滝のあとを追いかけた。

五階の廊下に出たところで、ぎょっとした。研究所のドアが吹き飛び、中から煙が噴き出している。スプリンクラーが作動し、辺りに水をまき散らしていた。

「教授！」

部屋に飛び込もうとすると、前にいた滝に押さえられてしまった。

「待て、危険だ」

「でも、中に教授がいるんだ！」

佐倉は彼の手を振り払い、ドアがあった場所を抜けた。

研究所の中は、爆撃にでもあったようだった。椅子《いす》や机がなぎ倒され、書類が散乱し、窓ガラスが割れて風が吹き込んでいる。

佐倉は必死で波多野の姿を捜した。彼のデスクがあった辺りにはいない。とすれば、奥の資料棚のところかもしれない。

倉庫がないため、棚を間仕切りにして、部屋の一角を資料室にしているのだ。

奥へ行ってみると、かなりの衝撃を受けたらしく、棚が折り重なるようにして倒れていた。

反対側へまわってみて、その光景に絶句する。波多野が仰向《あおむ》けに倒れ、床と棚の間に挟まれていた。

「だ、大丈夫ですか⁉」

傍《そば》に屈み込んで声をかけると、波多野がかすかに身じろぐ。佐倉はドアのほうに向かって叫んだ。

「滝さん、来てくれ！　教授が下敷きになってるんだ！」

彼が傍に来て、すぐ状況を見て取った。

「手を貸せ」

素早く上着を脱いだ滝が、棚に手をかけた。力強い腕に、棚をどかそうと力が入る。佐倉もその横で力を振り絞った。

だが、二人がかりで全力を出しているのに、棚はわずかしか持ち上がらなかった。

滝がうめくように言う。

「折り重なった時に棚がはまり合って動かないようだ。これを動かすには機材がいる。もう消防には連絡したから、助けを待とう」

佐倉は再び膝をつき、波多野の顔を覗《のぞ》き込んだ。

「がんばってください、教授。すぐ助けが来ますから！」

波多野はかすかに頷いた。何か言おうとするように唇が動いたが、声が出ないらしい。

棚はちょうど彼の胸の辺りに載っている。心臓か、肺だ。このまま押しつぶされてしまったら…。

どんどん悪くなっていく波多野の顔色を見て、佐倉は心の底から恐ろしくなった。

助けが間に合わないかもしれない。

そうだ、彼を連れて『飛ぶ』ことができれば、ここから救い出せる。前は滝と一緒に飛んだのだから、可能なはずだ。

佐倉は波多野の手を握り、懸命に念じた。ほんのわずかな距離でいい。この棚の下から出られさえすればいいのだ。

だがどんなに念じても、何も起こらない。

どうして自分はこんなに役立たずなのだろう。肝心な時に使えないなら、こんな力はあっても無駄だ。

焦燥する頭の中で、波多野に言われた言葉がよみがえった。

『飛んだ』状況を正確に再現する。同じ条件なら、もう一度できるかもしれない。

迷っている暇はなかった。

「滝さん、頼みがあるんだ」

決意を込めて彼を呼ぶ。

「なんだ？　もうすぐ消防と救急が来る。俺が下に行って誘導しよう」

「その前に、ここに座ってくれ」

「どうした？」

訝《いぶか》しみながらも膝をついた滝の胸元を、右手でぐいっとつかんだ。

左手では、しっかり波多野の手を握る。

「ごめん、滝さん！」

先に謝ってから、つかんだ手で滝の胸元を引き寄せ、いきなり唇を重ねた。

唇が触れた瞬間、何かがスパークした。

頭の中が割れるような耳鳴りがする。身体が浮き上がる感覚。

そして、ふいに静かになった。

佐倉は目を開いた。そこは、研究所ではなかった。

でも、この場所には見覚えがある。ビルの一階、玄関フロアだ。つまり彼らは、五階から一階に移動したのだ。

佐倉は慌てて左手の先を見た。そこには波多野が倒れていたが、上に載っている棚はない。

「やった…！」

喜びの声をあげた途端、右手のほうに意識が向く。おそるおそる目をやると、険しい滝の視線にぶつかった。

しかも、佐倉はまだ彼の襟元《えりもと》をつかんでいる。

「わっ、ご、ごめ…」

ぱっと手を離すと同時に、かあっと赤くなってしまう。咄嗟のこととはいえ、無理やり彼にキスしてしまったのだ。

「これは、その…」

言いわけを思いつけずにおろおろしていると、彼がすっと立ち上がった。

「救急車が来たようだ。呼んでこよう」

彼の冷静な声に、初めて気づく。サイレンの音がビルの前に集結しつつあった。

「ふむ、キスすると力が使えるとは、ますます興味深い」

病院のベッドの上で、波多野が言う。言葉にしてはっきり言われると、あまりに荒唐無稽《こうとうむけい》な話に思えた。

「あ、あれはキスのせいじゃなくて、たぶん静電気か何かの刺激のせいで…」

しどろもどろで否定しながら、話題の転換を試みる。

「だいたい、今はそんなこと言ってる場合じゃないでしょう、教授。爆弾だったんですよ、爆弾！」

「分かってるよ、佐倉くん」

ひょうひょうとしている波多野が、佐倉には信じられなかった。

あの爆発はその後の現場検証の結果、爆弾だと判明したのだ。

ガス漏れか何かの事故だと思っていた佐倉は、すっかりうろたえていた。波多野はアメリカにいたから、爆弾テロなどにいくらか免疫があるのだろうか。

「爆弾を送りつけられるなんて、大変なことじゃないですか。教授の命を狙《ねら》ってる奴がいるんですよ！」

「警察にも言ったが、そんなことをする人間に心当たりはないなあ」

「そんな悠長な…」

病院に運ばれた波多野はまもなく意識を取り戻し、だいたいの経緯が判明した。

爆弾入りの箱はあの日の朝、ドアの前に届けられていたという。

波多野はまた研究所に泊まり込んでいて、佐倉が来る前にその箱を見つけた。宅配便などは管理人が受け取って届けてくれることがあるため、あまり深く考えなかったらしい。

部屋に運び入れたが、その時は寝起きでぼうっとしていたし、そのあとは忙しさにかまけてすっかり忘れていたそうだ。

つまり、ずっと部屋の隅にあったわけで、佐倉も見た覚えがある。でもよく資料などが送られてくるし、何かの空箱もあちこちに置いてあるため、特に気にしなかったのだ。

警察によると、開けたら爆発する仕組みと、タイマーで起爆する両方が設置されていたという。誰かに開けさせたかったためか、タイマーは遅い時間に設定されていた。波多野がずっと箱を開けなかったため、とうとうあの時間にタイマーが起動したのだ。波多野が箱を開けていれば、確実に命はなかっただろう。

さらに、爆発した時、波多野は書類棚に囲まれたところにいた。そのおかげで爆風から遮られ、結果として命が助かった。

倒れた棚の下敷きになり、肋骨《ろっこつ》三本と右足の骨折だけですんだのは、奇跡的な軽傷だったのだ。

ある意味、研究に熱中するとほかのことは頭から抜け落ちてしまう波多野の性格が、自らの命を救ったともいえる。

とはいえ、爆弾で殺されかけたというのに、波多野は緊張感がなさすぎだと思う。佐倉は心配でたまらなかった。

「ほんとに心当たりはないんですか？」

「ないなあ」

「もっと真剣に考えてください。そうだ、また狙われないように、教授をどこかにかくまってもらったほうが……」

「まあ、ちょっと落ち着け、佐倉」

そこで、横で話を聞いていた先輩所員の遠藤が口を挟んだ。

彼はここしばらく仕事で大阪《おおさか》に行っていたのだが、知らせを受けて急遽《きゅうきょ》戻ってきたところだった。

「殺したいほど憎んでいる相手がいれば、教授に分からないはずがないだろう」

波多野のほうを向いて続ける。

「警察の知り合いに聞いてみましたが、なんでも、ネットに『超能力をかたるインチキ団体を処罰する』という書き込みがあって、警察はその線を追っているようです」

その言葉に、佐倉の胸がずきっと痛んだ。

どうしても『インチキ』だと思いたい人もいるのだろう。それでも、爆弾で吹き飛ばすなんて、あまりに過激すぎる。

波多野が鼻を鳴らした。

「まったく、困ったものだね。ちょっと思うんだが、あの箱は四階と間違えられたんじゃないかな。私はあの時も宛名《あてな》を確認しなかったし」

五階の『超心理学研究所』と、四階の『超常現象研究所』は、よく郵便物が間違って届けられる。

訪問者が間違うことも多く、『死んだ夫に会わせてください』などと依頼する客が訪ねてきたことがあったほどだ。

波多野は四階の研究所員に会ったことがあるため、大いに不審感を持っていた。おそらくその時、彼らの悪意を感じ取ったのだろう。

騒ぎがあったと滝も言っていたし、実際にあそこは『怪しい』研究所なのかもしれない。

「どちらにしても、今は捜査の進展を待つしかないでしょうね」

遠藤の言葉に波多野は頷き、深い溜息をついた。

「後始末もあるだろうし、研究所のことは頼んだよ、遠藤くん」

「分かりました」

三十代半ばの遠藤は、波多野との付き合いが所員の中で一番古い。出会いはアメリカ留学中だったという。

佐倉以上に波多野のことを心配しているはずなのだが、佐倉よりずっと冷静だ。遠藤は警察関係と仕事をすることが多いので、こういう時は頼りになる。

佐倉はふと閃《ひらめ》いた。

「今回の犯人は、教授や俺たちを知ってる人物かもしれませんよね。そういう場合、遠藤さんの力で犯人を『見る』ことはできないんですか？」

遠藤が首を振る。

「俺自身が知っている相手じゃないと『見る』ことはできないんだ。写真でもいいが、ともかく何か情報がないと」

「そうですか…」

「佐倉のほうこそ、力が使えるようになったそうじゃないか。教授を助けたんだって？」

「いえ、あれはたまたま…」

「キスすると飛べるっていうのは、面白いパターンだな」

話題が再びそこに戻ってきてしまい、佐倉はがっくりした。

「遠藤さんまでやめてくださいよ」

「あり得ないことじゃないぞ。恋愛が心的な力に与える影響は軽視できない。俺も最初に『見えた』のは、好きな相手のことだったからな」

ぎくっと動揺してしまう。

あの爆弾騒ぎのあと、佐倉は波多野に付いて病院に向かった。

それから研究所は検証が終わるまで立ち入り禁止だったし、警察の調書などでばたばたしていたので、滝とはあれきりになってしまった。

あのキスについて、まだちゃんと謝ってもいない。

思い出せば、顔から火が噴き出しそうになる。とにかく波多野を助けたくて、必死だったのだ。階段でのことを考え、咄嗟に思いついたことだった。

うまくいったのは、奇跡としか思えない。

ひょっとして本当に、滝に対する気持ちがこの力に関係しているのだろうか。

でもそんなことを、滝本人に話されたりしたら大変である。あんな風にキスした上に、下心まであったと知られたら、もう許してもらえないかもしれない。

「俺の場合は恋愛とは違いますよ。滝さんは男性だし、そんなに話したこともないし」

なるべく冷静にごまかそうとしていると、遠藤がにっこり笑った。

「じゃあ、試してみようか」

「は？」

「キスすると飛べたのは事実なんだろう。じゃあ、俺が相手でもできるかもしれない」

「冗談はやめてください」

「そうでもないぞ」

遠藤が佐倉の顎に手をかけて上向かせ、顔を覗き込んでくる。

「もし組んで仕事ができたら、すばらしいと思わないか？　俺が見た場所に一緒に飛べるようになれば、かなり実用範囲が広がる」

「そんなにうまくいくわけないですよ。ねえ、教授?」

救いを求めてベッドのほうに目をやると、波多野はうんうんと頷いていた。

「それは興味深い実験だね」

「教授まで、何言ってるんです」

「佐倉は男にしてはカワイイし、俺としてはぜんぜんオッケーだ」

「そういう問題じゃ…」

「そう難しく考えないで、気楽にしてろ」

「でも、あのっ…」

うまく反論できないでいるうちに、唇を押しつけられていた。

ぞわっと腕に鳥肌が立つ。

身体が硬直する。

嫌だ、と強烈に思った瞬間、病室のドアに立っている人物に気がついた。

滝だ。夢でも幻でもなく、滝がそこにいる。

急に身体の呪縛《じゅばく》が解けて、佐倉は思い切り遠藤の身体を突き飛ばしていた。遠藤がよろめいてベッド脇《わき》の椅子に当たり、バランスを崩して床に尻餅《しりもち》をつく。

佐倉は自分のしたことに、はっとした。

「す、すみません!」

傍に飛んでいって手を差し出す。遠藤はその手につかまって、身体を起こした。

「いや、こっちもすまん。今のはセクハラだったな」

「いえ、そんなことは…」

「やっぱり俺が相手じゃ何も起こらないか」

佐倉はちらりとドアのほうを振り向いた。滝は同じ場所に立ったまま、特になんの表情も浮かべていない。

今日の彼は私服だった。黒のタートルネックにジャケット。制服の時よりたくましさが強調されて、ワイルドな感じになっている。

手にはお見舞いと思われる果物の籠《かご》があった。

「おや、滝くん、来てくれたのか」

すぐに気づいた波多野が声をかける。滝は何事もなかったように部屋に入ってきて、軽く頭を下げた。

「お加減はいかがですか?」

「だいぶいいよ。動けないのが退屈なだけで」

「これは警備会社からです」

滝は籠を持ち上げてみせ、ベッドサイドの棚に置いた。

「それは、わざわざありがとう。そんなお気遣いはいらなかったのに」

「俺は命令で来てますので」

淡々と言う滝の態度は、ビジネスライクだ。私服のところを見ると今日は休日なのに、仕事でお見舞いに来ているのだろうか。

ビルの爆破などというのは、やはり警備する側として責任を感じるものなのかもしれない。

もちろん今回のことは、滝たち警備員のせいではないのだが。

「でも、ちょうどよかった。君には礼を言いたいと思ってたんだよ」

波多野の言葉に、滝は少し眉を寄せた。

「俺は別に何も」

「真っ先に駆けつけて、私を棚の下から救い出そうとしてくれたんだろう？　それに、そのあとのこともうまく説明してくれたそうだね」

滝は救急隊員に、棚の下敷きになった波多野を助け出し、一階まで運んだ、と話した。佐倉は動揺して頭が働いていなかったので、すごく助かった。

うっかり超能力で飛んできた、などと言ってしまったら、面倒なことになっただろう。

「俺ではうまく説明できないので、分かりやすい話にしただけです」

「実際のところ、君のキスのおかげで救われたんじゃないかと話していたところだよ」

「きょ、教授！」

佐倉は慌てて止めようとしたのだが、波多野は熱を込めて続けた。

「キスというのは精神に強い影響を及ぼす行為だし、君が佐倉くんの力を引き出す触媒になってるみたいだね」

滝の顔に、初めて感情が浮かんだ。ぎくりとしてしまう。

明らかに、不快な表情だ。

「さすがにそんなことは信じられませんね」

「じゃあ、検査を受けてくれるかな？　事実かどうか、確認しようじゃないか」

「興味ありません」

「かつて、ほんの三十センチほどテレポーテーションできる男と出会ったことがある。それに比べると、佐倉くんの力は別格だ。だが、コントロールができないと、危険なことになりかねん」

波多野はベッドの上で腕を振りまわした。

「コントロールを学ぶには、まず力を使えるようにならなければ。それには君の力が必要だ。君以外の触媒を探すとなると、佐倉くんが手当たり次第にキスしなきゃならないよ。私は彼にそんなことをさせたくないし、君もそうじゃないか？」

佐倉はおろおろしてしまった。熱弁を振るい始めると、波多野は止まらない。なんとか間に入って遮ろうとした時に、滝が口を開いた。

「いいでしょう」

「え？」

唐突な返事に面食らう。いったい何がいいんだろうか。

訝しんでいる佐倉のほうに、滝がくるりと向き直った。

大股《おおまた》で歩み寄り、低い声で言う。

「これ以上、振りまわされないためにも、実験に付き合ってやる」

「え…」

意味が分からずにいる間に、滝が佐倉の顔を仰向かせ、唇を重ねた。


「ここはどこだ？」

滝《たき》の質問に、佐倉《さくら》はぼうっとしたまま答えた。

「さあ…？」

「飛ぶ場所は指定できないのか？」

「ぜんぜん」

「教授を助けた時は、うまくロビーまで飛べただろう」

「意識してやったわけじゃないから」

彼らは今、どこかのビルの屋上にいた。けっこう高いビルらしく、柵の向こうに街が見渡せる。

空には青空が広がり、夏の気配を感じさせる暖かい風が吹いていた。

手すりをつかんで力の入らない身体《からだ》を支え、佐倉はなんとか頭を整理しようとした。

滝がキスしたのは、実験のためだ。『キス』すると瞬間移動する、ということを検証するために。

実際のところ彼は、そんなことはあり得ないと実証するつもりだったのだと思う。

それが、またこんなところに飛んでしまったのだ。滝にしてみれば、とんだ誤算だったに違いない。

彼にされたキスの感触を反復して、どきどきしている場合じゃないだろう。

事態は悪くなっているのだ。

「こんなことになって、ごめん」

佐倉が謝ると、滝が肩をすくめてみせた。

「今回は俺が自分で招いたことだ」

「でも、こうなったのは俺のせいだし」

「今まではどうしてたんだ?」

「え?」

「力を使うたびに、キスする相手を捜してたのか?」

「ち、違う！」

　焦って説明を試みる。

「子供の頃、一回だけ飛んだことがあるけど、それからはずっと何も起こらなかったんだ。どうしてまた急に力が使えるようになったのか、俺にも分からない」

「超能力少年だったわけか。漫画みたいな話だな」

　滝の言葉が、ぐさりと胸に突き刺さった。彼は何気なくその言葉を使ったのだろう。でもあの時の痛みは、まだ大きな傷となって残っている。

「インチキ少年とか、いかさま師とかも言われたよ」

　佐倉はぎゅっと手すりを握りしめた。

「俺は事実を言っただけなのに、勝手な憶測や中傷をされて、家族までバラバラになった」

　別に滝のせいではないのだが、痛みが言葉を溢《あふ》れさせてしまう。

　滝がこちらに顔を向けた。

「何があった？」

　忘れられない過去の超能力騒ぎ。残された傷と、それを分かってもらえなかった痛み。話すのはまだつらいが、滝には聞く権利があるかもしれない。今では、彼自身も当事者なのだから。

　眼下には変哲もない街が広がっている。たくさんの建物の中にいる、たくさんの人々。

教授はこの力がギフトだと言った。

でもこんな力などなければ、両親が離婚することもなく、普通の人たちの一員でいられたのに、と考えることもある。

滝は急《せ》かすこともなく、じっと佐倉の言葉を待っていた。

言いたくない、と言えば彼はきっと聞かずにいてくれるだろう。初めて飛んでしまった時のように。

そういう彼だからこそ、話すべきだと思う。いや、本当は、自分が話したいのかもしれない。

急ぎ足でどこかへ向かう歩行者の一人に目を向けながら、佐倉はぽつぽつと話した。

車に轢《ひ》かれそうになって『飛んだ』こと、それが評判になって依頼されたテレビ出演、そのあとの悪意あるデマ。あれから二度と飛べたことはなく、波多野《はたの》に会うまで、誰にも理解してもらえなかったことも。

「教授に会って、ようやく俺は自分が『変』じゃないと思えた。今はちょっと、自信がないけど…」

キスすると、どこか分からない場所に飛んでしまうなんて、かなり『変』ではないだろうか。

滝にはどう思われているのだろう。こんなにすべて話してしまったのは、波多野以外では初めてなのだ。

我慢できなくなって彼のほうへ顔を向ける。すると滝は深く静かな眼差《まなざ》しで、じっと自分を見つめていた。

「さっきは嫌な言葉を使って、悪かった」

「え…?」

それが『超能力少年』のことだと気づき、慌てて首を振った。

「滝さんは悪くない」

「まだ子供だったお前には、つらい経験だっただろう」

声に含まれる温かさに、胸が締めつけられる。滝はあの時の佐倉の気持ちを分かってくれたのだ。

「誰か信じてくれる人はいなかったのか?」

「実際に見た父も認めようとしなかったくらいだから」

優しい言葉に気がゆるみ、ふと余計なことまで話してしまう。

「一度だけ、付き合ってた彼女に話したことがある」

「なんて言われた?」

「大笑いされた」

「そうか」

慰めようとするかのように、彼が軽く佐倉の髪に触れた。

「俺も実際に経験していなければ、信じなかったかもしれない」

「でも滝さんは、初めて飛んだ時もすごく冷静だった。そのあとも、気持ち悪がらずに話を聞いてくれたし」

「あの状況だと、ほかにどうしようもなかっただけだ。余計な先入観や憶測をせず、目の前のことに集中するやり方は、警官時代にたたき込まれたからな」

佐倉は目を丸くした。

「滝さんは警察官だったのか?」

「…昔の話だ」

「警備員の制服も似合うけど、警官の制服もすごく似合うだろうな」

口に出してしまってから、思わず赤くなる。馬鹿なことを言ってしまった。

「ご、ごめん、深い意味は…」

「似たような制服でも、表すものが違う。警備員には司法権がないから、できることは限られる」

「じゃあ、なぜ警備員に?」

つい口から出てしまった質問に、滝は不可思議な表情をした。調子に乗って、踏み込みすぎたかもしれない。

「ごめん、話したくないなら…」

「お前がつらい話を打ち明けてくれたのに、俺が隠しているわけにもいかないか」

そう言って、滝がふっと息を吐く。

「俺が警察を辞めたのは、暴力団に賄賂《わいろ》をもらっていると疑われたからだ」

「え…」

思わぬ話の展開に、今度は青くなってしまった。

「俺は金をもらったことなどなかったが、一度そう疑われると、まわりの見る目が変わる。汚職警官は嫌われるからな」

「そんな…」

「結局、金を受け取っていたのは同僚の一人だと分かった。その男は自分から疑いをそらすために、俺が暴力団とつながっていると噂を流していた」

「じゃあ、疑いは晴れたんだ」

「だがその頃には、つくづく組織に嫌気がさしていた。真実よりも、臭いものには蓋《ふた》をしようとする体質だ。それで俺は警察を辞め、警備会社に入った」

「そうだったんだ…」

信じてもらえないつらさは、佐倉にも分かる。汚職警官と疑われた滝のほうが、ずっと苦しかったと思う。

犯罪は見逃せない、と言った滝は、きっと正義感が強いのだ。だから警察官になったに違いない。

それがあらぬ疑いをかけられ、辞めなければならなくなった。それでも人のために働きたくて、警備員になったのではないだろうか。

怪しい研究所をチェックしていたのも、きっと何か問題が起こるのを未然に防ごうとしていたのだ。

彼の心境を思えば、佐倉まで苦しくなってくる。

「つらい話をさせてごめん」

佐倉が謝ると、滝はかすかに笑った。

「俺たちには、どこか似たところがあるのかもしれないな」

初めて見た彼の笑みは切なくて、心の奥がきりきり痛む。

鋭く厳しい滝の瞳の中にあったもの。

おこがましいかもしれないが、それはどこか佐倉と同じ痛みだったのだろうか。

「今なら、お前をインチキ扱いした連中を見返してやれるだろう」

「俺は別に力があることを証明したいわけじゃないんだ」

確かに昔は、みんなに信じてほしかった。中傷した人たちを、見返してやりたい気持ちもあった。

でも波多野と出会い、あの研究所で働いたことで、違う目標ができた。

「もし俺に何かの力があるなら、それで意義のあることをしたい。誰かの役に立てるようなことを。この力が、無駄なものじゃないと思いたい」

少し赤くなって続ける。

「偉そうなことを言っても、今は滝さんに迷惑かけてるけど」

手すりの向こうを見渡しながら、滝が軽く伸びをした。

「今まで超能力に興味はなかったが、こんな景色を見られるなら、飛ぶのもそう悪くない」

そう言う滝の口元に浮かぶ微笑に、目が惹《ひ》きつけられてしまう。

今度は本物の笑みだ。

やっぱり、ぐっと優しい感じになって魅力的だ。

もっと笑ってくれればいいのに。

ぼうっと見惚《みと》れていると、急に滝が顔を振り向けた。

心を見透かされたようで、ぎょっとする。

「な、何？」

「本当に俺とキスしなきゃ飛べないのか？」

「今のところは…」

「どうして俺だ？」

どきっと心臓が鳴った。

「教授が言うには、力を発動させる触媒みたいなものが滝さんにはあるのかと…」

「ほかの奴にはそれがないわけか」

「た、たぶん…」

遠藤《えんどう》のことは嫌いではないし、面倒見のいい先輩である。でも彼とはキスしたくないし、キスされるのが嫌だった。

滝にキスされた時は、身体に電流が走ったようだった。心臓は飛び跳ね、心が震えた。

感情が心的な力に作用するなら、佐倉にとって彼とのキスは最大のショック要因だ。本当に自分が滝を好きなせいで、こういう事態になったのだろうか。

そんなことは、とても彼に話せない。

これ以上説明を求められたらどうしよう、とびくびくしていると、滝は別のことを言った。

「確かに、このままだと危険なのは確かだな。飛んだ先が海の中だったり、車道の真ん中だったりしたらどうするつもりだ」

「どうすると言われても、俺にもどうすればいいのか…」

「あの教授が言うように、コントロールするには何が必要だ?」

「力の使い方を学ぶんだ。訓練次第で、自分の意思で使ったり、遮断したりできるらしい」

「それなら、やるしかないな」

きょとんとしてしまう。

「やるって何を?」

「訓練だ。まずは安全なところに飛ぶ方法を考えるか」

「え？」

「そうだな、飛びたい場所を頭に思い浮かべろ。さっきまでいた病室でも、ビルのロビーでもいい。思ったところに飛べるようになれば、安全だ」

「あの、訓練ってキスするってこと？」

「それしか方法がないなら仕方ないだろう」

「で、でも、滝さん、男の俺にキスするなんて嫌なんじゃ…」

「お前はどうだ？　嫌なら触媒になる男をほかに探すしかないが」

「探すって…」

「さっきみたいに、ほかの男とキスしまくりたいか？」

遠藤にキスされた姿を彼に見られていたと思うと、顔が赤くなる。

「それは嫌だ…」

「それなら、俺で我慢しろ」

彼の顔が近づいてきて、軽く頬《ほお》に手が触れる。触れられたところから震えが走り、佐倉の身体から力が抜けてしまう。

「行くぞ」

キスされた瞬間、頭の中に火花が散り、佐倉は目を閉じた。

目を開けた時、佐倉は茫然《ぼうぜん》自失状態だった。

訓練だと言って滝がしたキスはひどく優しくて、頭の中が溶けてしまったようだ。

何がどうなったのかもよく分からない。

動くこともできずに立ちすくんでいたところ、いきなり背後から声が聞こえて、佐倉は飛び上がった。

「おじちゃんたち、どこから来たの？」

ぎょっとして振り向くと、五歳くらいの男の子と目が合った。サッカーボールを両手に抱え、びっくりしたようにこちらを見ている。

ようやく何が起こったかを理解して、佐倉は青くなった。ここはさっきまでいたビルの屋上ではなく、どこかの公園だ。

飛んできたところをこの子に見られてしまったのだろうか。なんて説明すればいいだろう。

絶句している佐倉をかばうように、すっと滝が前に出た。

「実はかくれんぼをしてたんだが見つかって、そこの茂みから出てきたところなんだ」

近くの茂みを指さして、至極冷静に滝が説明する。男の子は首を傾《かし》げた。

「大人なのに、かくれんぼしてるの？」

「大人でも、楽しいことはやりたいだろ？　君もかくれんぼは好きか？」

「僕はサッカーのほうが好き」

男の子は断言し、ボールを掲げてみせた。

「お兄ちゃんに教えてもらってるんだ。お兄ちゃん、すっごくうまいんだから」

「そうか」

滝はしゃがんで視線を合わせ、男の子の頭を撫《な》でた。

「がんばれよ。きっとすごい選手になれるぞ」

「うん！」

嬉《うれ》しそうに頷《うなず》く男の子に向けられている滝の眼差しは、とても温かい。

少々羨《うらや》ましくなってしまうほど。

兄らしき少年が呼ぶ声がして、男の子が慌てて振り向く。

「僕、早くボール持っていかなきゃ。じゃあね、おじちゃん」

小さく手を振って、ボールを抱えて広場のほうへ走っていく。どうやら、転がったボールを追いかけて茂みのほうへ来たらしい。

広場のほうにはサッカーゴールが一つだけ置いてある。さほど広いフィールドではないが、子供たちのサッカーには十分だ。

ゴール前には年長の少年が六人いた。兄と思われる少年が男の子からボールを受け取り、ゴールにシュートしてみせる。

男の子の歓声がここまで聞こえた。

楽しそうにボールを蹴《け》る子供たちを見ながら、佐倉は胸を撫で下ろした。

目撃者が小さな子でよかったと思う。ごまかせないくらいの年齢だったら、『人が突然現れた』などという話をまわりにして、今度はその子が『嘘つき』呼ばわりされてしまうかもしれない。

滝が隣で、小さく溜息《ためいき》をついた。

「まだ三十になってないのに、もう『おじちゃん』か」

思わず笑ってしまう。テレポーテーションで飛んできて、気にしているのがそんなことだなんて。

「あれくらいの子にすれば、二十歳以上はみんなおじちゃんだよ」

「まあな」

「滝さん、子供の扱いがうまいんだね」

「この状況じゃ、ごまかすしかないだろう」

「俺なんかすっかりうろたえて、かくれんぼなんて思いつきもしなかった」

「男同士が茂みでかくれんぼしてるのも、十分怪しいけどな」

初めてその『怪しさ』に思い当たり、ちょっと赤くなってしまう。

よく考えてみれば、滝とキスした状態で飛んでしまうのだ。

『飛んだ』ところを目撃されるのも問題だが、キスしているところを目撃されるのもどうなのだろう。

相変わらず、滝は沈着冷静である。でも本当に、こんな訓練をしてもらっていいのだろうか。

「あの、滝さん…」

「なんだ?」

「訓練してもらっても、やっぱりうまく飛べないかも…」

「まだ始めたばかりだろう」

「でも、こんな風にどこか分からない場所に飛んでたら…」

そこでふと、頭の奥で何かが引っかかった。この公園には、見覚えがある。

表情を変えた佐倉に、滝が鋭い目を向けた。

「どうした?」

「この公園、知ってる…」

「前に来た場所か?」

改めてじっくり見まわしてみた。少しずつ、記憶がよみがえってくる。まわりの建物も変わっているし、昔より狭く感じるが、確かにこの場所を知っていた。

さっきは動揺していたから気づかなかったのだ。

「この公園は、子供の頃に住んでた家の近くだ。俺もよく、友達とサッカーしてた」

あれはまだ、『超能力騒ぎ』が起きる前のことだ。

佐倉はサッカーが好きで、小学校に上がると少年サッカーチームに入り、放課後はよくこの公園で練習していた。

ほかのチームと試合をしたり、夏休みには仲間たちと合宿みたいなことをしたものだ。

だがあの騒ぎのあと、みんなの態度が変わってしまった。

『超能力でこのボールをゴールに入れてみろよ』

誰かがそう言い出すと、たちまちみんなが同調した。

『超能力でシュートを止めろ』

『次のゲームはどっちが勝つか当ててみろ』

『空飛んでみろ』

いたたまれなくなって、佐倉はチームを辞めた。

「飛ぶ前にここを思い出してたのか?」

滝の質問に、佐倉は首を振った。

「もうずっと忘れてたんだ。あんまりいい思い出じゃないし」

仲間だと思って信頼していた友人たちの豹変《ひょうへん》ぶりは、その後の佐倉の人間関係にも影を落としている。

「超能力騒ぎのあとは一度も来てないのに、どうしてこんな場所に…」

滝が佐倉の顔を見た。

「その騒ぎのせいで、サッカーをやめることになったのか？」

「中学ではサッカー部に入って、高校までやってたよ。両親の離婚で引っ越して名字も変わったから、まわりに気づかれなかったんだ」

冷やかされることもなく、またサッカーができるのは嬉しかった。汗を流して練習するのも、きついトレーニングも苦にならなかった。

でも、チームメイトで集まって騒ぐ時、佐倉はいつも一歩引いていた。

あまり目立たず、注目されないように。

スポーツの楽しさに仲間意識や連帯感があるとすれば、佐倉は半分しか味わえなかったことになる。

本当の意味で、仲間たちに心を許すことができなかったから。

無邪気に一生懸命ボールを追う子供たちの姿を眺めているうちに、懐《なつ》かしい気持ちがわいてきた。

かつては自分も、そんな風だったのだ。

「思い返してみると、ここでサッカーしてた時が一番楽しかったかもしれないな。みんなでボールを蹴って、騒いで」

少年たちは三人ずつに分かれ、試合形式のサッカーを始めた。あぶれてしまったさっきの男の子は、手持ちぶさたに見学している。

するとと滝が、軽く佐倉の肩をたたいた。

「せっかく来たんだ。少し身体を動かすか」

「え？」

きょとんとする佐倉の腕を引き、滝が少年たちのほうへ向かった。ちょうど転がってきたボールを拾い上げる。

さっきの男の子が、めざとく見つけて声をあげた。

「あ、かくれんぼのおじちゃんだ！」

滝は軽く手を上げて、少年たちに声をかけた。

「君たちを見てたら、すごくサッカーがしたくなった。俺たちも交ぜてくれるか？」

一番年長と思われる少年が、疑わしそうな目を向けた。

「おじちゃんたち、サッカーできるの？」

「こう見えて、こっちのおじちゃんはうまいんだぞ」

佐倉のほうを指さし、軽くボールを放る。佐倉は反射的にボールを胸で受け止め、何度か膝《ひざ》と足首でリフティングした。

ボールを高く上げたところで、ヘディングで滝にボールを返す。けっこうウケたらしく、少年たちがどよめいた。

「そうだ、俺たちと試合しないか？」

滝があぶれていた男の子を呼ぶ。

「この子と俺たち対、君たち六人でどうだ？」

少年たちは、今度は喜んで賛同してくれた。

滝が二人を集め、作戦を立てる。男の子は順平《じゅんぺい》という名の五歳だった。

「いいか、順平、俺たちにボールが渡ったら、まっすぐゴール前へ向かえ。真ん前で待ってるんだ」

「うん！」

試合が始まるとすぐ、佐倉と滝はパスをしながら、ゴールへ向かった。六人が行く手を遮ろうとするが、なんとかフェイントですり抜ける。

ドリブルで時間を稼いでいる間に、順平がゴール前の位置につく。

佐倉はディフェンダーの頭越しに、高いパスを滝に送った。滝がボールを受けると、順平の足元にゆるく転がす。

「シュートだ、順平！」

順平は小さな足で懸命にボールを蹴った。するとボールはころころ転がって、無人のゴールに入っていった。

「やった！」

大喜びして飛び上がる順平を、滝が抱え上げる。

その彼の笑顔を見て、佐倉はひどく幸せな気持ちに包まれた。


しばらくサッカーに興じたあと、二人は子供たちに別れを告げ、徒歩で駅に向かった。

久しぶりに身体を動かしたし、幸せな気分が続いていて、なんだか足元がふわふわするようだ。


滝が軽く首をまわした。

「この程度で筋肉痛になるようじゃ、やっぱり歳《とし》か」

まだ『おじちゃん』と言われたのを気にしているようで、おかしくなってしまう。

「滝さん、サッカーもうまいんだね」

「学生時代に授業でやったくらいだが」

「ほかにも何かやってる？　すごく引き締まった身体だし」

妙な言いまわしをしたことに気づいて、慌てて修正する。

「た、助けてもらった時に、力が強かったから、何か鍛えてるのかと思って」

「俺は格闘技系だ。空手と柔道を少々」

「やっぱり警察官だったから?」

うっかり彼の過去に触れてしまったことに気づき、はっとする。

「ご、ごめん」

「気にするな。空手は子供の頃からやっていた。家の近くに道場があって」

「すごく強そう…」

「強い、の定義によるな」

滝が佐倉の顔を見る。

「昔のつらい思い出を乗り越えて、自分の力を人の役に立てようとするのも強さだろう」

「あ…」

胸の奥が熱くなる。

この公園で起きたことのすべては、滝に話していない。それでも彼には分かったのだろうか。人を疑うこともなく、ただ仲間たちとサッカーを楽しめていた頃を、懐かしがっていた佐倉の気持ちに。

だから、一緒にサッカーをしてくれたのかもしれない。

「あの公園が楽しい思い出になったのは、滝さんのおかげだ」

心からそう言うと、滝の口元がかすかに笑んだ。

「分かってるか?　これは大きな一歩だぞ」

「え？」

「知っている場所に飛べたってことだ。見知らぬ場所に飛ぶより、かなり進歩したってことだろう」

「そ、そうかな」

「訓練を積めば、きっと思った場所に飛べるようになる」

どきっと心臓が鳴る。

「それは、その、これからも滝さんとキスするってこと？」

「なんだ、俺が相手じゃ嫌になったか？」

「まさか」

佐倉はぶんぶんと首を振った。

「滝さんでよかった」

またしても、考える前に口から言葉が出てしまう。

人と話す時、佐倉はある程度警戒して身構える。それは習性のようなもので、平気で話せるのは波多野ぐらいだ。

でも滝が相手だと、なぜか気がゆるんでしまうらしい。馬鹿なことを口走らないように、気を引き締めなければ。

「た、滝さんってすごく冷静だし。変なところに飛んでも、うまく対処してくれそうだから」

なんとか説明を加えると、滝の顔に苦笑が浮かんだ。

「今回はたまたまうまくいったが、次は夜にしよう。それなら誰かに見られても、暗闇《くらやみ》から出てきたとごまかせる」

滝がポケットから手帳を出して、予定をチェックした。

「そうだな、俺の勤務のあとでいいか？」

「う、うん」

次に訓練する日取りを決めながら、まるでデートの約束をしているように佐倉の心臓は高鳴っていた。


目の前に並べられる皿を、佐倉はまだ信じられない気分で見つめていた。

あれから一週間後、『訓練』のために滝と待ち合わせたところ、まず一緒に夕飯を食べることになったのだ。

滝が連れてきてくれたのは焼き鳥屋で、仕事帰りのサラリーマンで賑《にぎ》わっている。身構えるような店ではないのに、彼と一緒に食事する、という状況に緊張してしまう。まるで本当にデートしているようだ。

いろいろとお勧めをオーダーしてくれた滝が、そんな佐倉の様子に目を留《と》めた。

「どうした？　何か苦手なものでもあったか？」

「だ、大丈夫、好き嫌いはないから」

急いで焼き鳥の串《くし》を手に持つ。せっかく彼が食事に誘ってくれたのに、馬鹿なことを考えている場合ではないだろう。

串にかぶりつくと、香ばしい塩味が口の中に広がった。

「これ、タレじゃないんだ」

「どうだ？」

「すごくおいしい」

「それはよかった」

佐倉の返事に満足そうな顔をして、滝も串を手にとって食べ始めた。少し濡《ぬ》れたような唇が開き、形のいい歯が肉を嚙《か》み取っていく。

彼は普通に食べているだけなのに、なんだかその口元に目が惹きつけられてしまう。

あの唇に、キスしてもらった。

偶然でも、無理やりでもない、優しいキスを。滝にとってはただの『訓練』なのだとしても、思い出すだけで震えてしまう。

そしてこのあと、また彼とキスをするのだ。心拍数が上がってくるのはどうしようもない。

「佐倉」

見つめていた唇で自分の名を呼ばれ、心臓が飛び出しそうになる。慌てて彼の口元から目をそらした。

「な、何？」

「お前、酒は飲めるか？」

滝がオーダーした中に、冷酒の小瓶がある。小振りのグラスが佐倉の分も置かれていた。

「一応は。そんなに強くないけど」

「じゃあ、少し飲め」

すすめられるままに佐倉がグラスを差し出すと、滝が冷酒を注いでくれる。少し口に含んでみて驚いた。

日本酒はきつい感じがして苦手だったのだが、すごくまろやかな味だったのだ。

「これ、すごく飲みやすい」

「宮城《みやぎ》の酒だ。うまいだろ？」

「うん」

佐倉はそのおいしさに感動して、ごくごくと飲んだ。

「ここ、滝さんの行きつけの店？」

「ああ。遅くまでやっていて、うまい酒が飲める」

「滝さん、夜勤もやるの？」

「最近はな」

滝は朝いることが多いので、あまり夜勤はしていなかったはずだ。

「それって、あの爆弾事件のせいで……？」

滝は肩をすくめた。

「見まわりの強化と、郵便物のチェックくらいしかできることはないが」

警察はまだ、ネットの書き込みをした人物を特定できていないらしい。爆弾犯が野放しということで、警戒が強くなっているのだろう。

「四階の研究所は、早々に通常業務に戻ったようだ。ほかの階にはあまり被害は出なかったからな」

何か考えるように言いながらグラスを空け、滝は手酌で酒を注いだ。

「お前ももっと飲むか？」

「あ、うん」

二杯めを注いでもらい、佐倉はちらっと彼の顔を見た。

「滝さん、ありがとう」

「何が？」

「ここに連れてきてくれて」

真面目《まじめ》にそう言うと、滝が口元を引き上げた。

「なんだ、そんなに酒がうまかったか？」

「それもだけど。訓練だけなら、食事とかしないでもいいわけだし」

「お前はどうも俺といると緊張するみたいだから、酒が入れば少しはリラックスできるだろう」

　どきっとしてしまう。

「べ、別にそんなことは…」

「初めて会った時からなんとなく俺に怯《おび》えているようなのに、いつも律儀に挨拶《あいさつ》するから、妙な奴だと思っていた」

「あれは、その…」

「勤め先も、何をしてるのかよく分からない研究所だったしな」

「やっぱり怪しいと思われてたんだ…」

「今はもう思っていない」

　口元に浮かんだ微笑に勇気づけられて、佐倉は打ち明けた。

「俺は滝さんに怯えてたわけじゃない。ただ、子供の頃にいろいろ言われた後遺症で、人とうまく付き合えないんだ。信じるのが怖いっていうか…」

　滝の目が、ふと温かい光を宿す。公園で小さな男の子に向けられた時のような。

「俺のこともまだ怖いか？」

佐倉は彼の目を見つめ、首を振った。

「滝さんはほかの人と違う。俺のことを全部知っても変わらないでいてくれたのは、教授と滝さんだけだ」

「そうか」

彼の目を見つめているうちに、心臓が変な風に躍り出す。佐倉はお酒を飲む振りをして目をそらせた。

「こ、こんな面倒な訓練にも付き合ってくれるし。ほんとに感謝してるんだ」

「そんなことはいいから、もっと食え。腹が減っては戦ができないと言うだろう」

「うん」

佐倉は再び串にかぶりつき、おいしい焼き鳥とおいしい酒を堪能した。


店を出て歩き始めてから、佐倉は急に酔いを意識した。飲みやすかったので、いつもより多めに飲んでしまったのだろう。

座っていた時は大丈夫だったのだが、動いたら足にきたらしい。

それに気づいた滝が、広場のような場所に連れていき、そこのベンチに佐倉を座らせた。

「ほら」

自動販売機で買ってきてくれた水のペットボトルを滝が差し出す。

「ありがとう」

佐倉は受け取って、冷たい水をごくごくと飲んだ。

一息ついて、彼を見上げる。

「滝さんも飲む？」

「ああ」

ペットボトルを渡すと、彼もそのまま口を付けて水を飲む。間接キスだ、と佐倉はぼんやり考えた。

口元を拭《ぬぐ》って、滝が佐倉の様子をうかがった。

「ちょっと飲ませすぎたか」

「大丈夫だよ、これくらい」

「今日はやめておくか？」

それが『訓練』のことだと気づき、佐倉は慌てて首を振った。

「できるよ」

「本当か？」

「むしろ緊張が取れて、うまくいくかも」

彼がわざわざ会ってくれたのは、訓練のためだ。食事もその一環である。無駄にはできないだろう。

いや、本当はただ、自分が彼とキスしたいのかもしれない。

「頭はしっかりしてるし、運動神経は関係ないから、ちゃんとやれる」

「分かった」

滝が佐倉の手を引いて、ベンチから引き立たせた。腰に腕がまわり、引き寄せられる。

思わず佐倉も彼の腰に手を置いた。心臓が大きく三回鼓動を打つ間、呼吸が止まって震えが走る。

すると彼が片手を髪に差し込み、唇を重ねるやいなや、舌を深く差し入れてきた。驚きで硬直した瞬間、もはや馴染《なじ》みとなった浮き上がる感覚と、激しい耳鳴りに襲われる。

それが収まった時に、気がついた。佐倉はまだ、彼の腕の中にいる。

がっしりと抱きしめられ、身体は密着し、顔はキスで固定されていた。触れるだけの優しいキスとは違う。押しつけられた唇は強く、熱く、舌が口内を蹂躙《じゅうりん》する。

熱いものが体内で爆発し、佐倉は彼の身体にしがみついた。

頭の中は真っ白で、何も考えられない。

「んっ…」

足の力が萎《な》え、がくっと膝が崩れる。その瞬間、はっと我に返った。

わずかに空いた唇の隙間《すきま》から、なんとか言葉を押し出す。

「あ、あの、滝さ…」

「ん?」

「も、飛んだと…」

「ああ」

ようやく滝が身体を離し、佐倉は震えながら息をした。

今のキスは、前と違う。こんなキスは知らない。

『訓練』のためなら、触れるだけでいいはずなのに。滝はどうしてこんなキスをしたのだろう。長くすれば、それだけ遠くへ飛べると考えたのだろうか。

足が萎えているので、うまく立てなかった。滝は佐倉の腕を支えてくれていたが、表情はいつもと変わらない。

佐倉にとっては魂が揺さぶられるようなキスだったのに、彼にとってはやっぱりただの『訓練』なのだろう。

鋭い目は、すでにまわりのチェックに向けられていた。

「今回はおかしなところに飛んだな」

「え…?」

潤んだ視界で、なんとか焦点を合わせる。すると、薄闇《うすやみ》の中に曲がりくねった大きなレールが見えた。

どう見ても、ジェットコースターのレールだ。

「ここって…」

「どうやら遊園地のようだ」

呆然《ぼうぜん》としてしまう。この前は公園で、今度が遊園地とは。

どうしてなのか、まったく分からない。

もう閉園時間になっているので、アトラクションの乗り場は暗かった。でも外灯はついているから、園内は見渡せる。

誰もいない夜の遊園地はがらんとしていて、祭りのあとのような寂しさが漂っていた。

「ここの警備員に見つかった時の言いわけを考えておくか」

「ご、ごめん。一応、自分の部屋を念じてたんだけど」

「それは惜しかった」

「え？」

ぜんぜん場所が違うので惜しくもないのに、と思っていると、佐倉が立てるのを確認して滝が手を離した。

片方の手に持ったままだったペットボトルに目を向ける。

「手に持ったものはそのまま飛べるんだな」

「う、うん」

「ここへ飛んだ理由は分かるか?」

「ええと…」

佐倉は改めて見まわし、アトラクションの名前に目を留めた。

その名前に覚えがある。

「ここにも、前に来たことがある…」

「いつだ?」

「両親が離婚する前、家族三人で来たんだ」

この遊園地に来た時を覚えている。

あの頃、忙しい父と出かける機会は少なかったのだが、かなり前から遊園地に行く約束をしていた。

何度か仕事や雨で駄目になったあと、ある日曜日、とうとう父が連れて来てくれたのだ。ずっと楽しみにしていたから、本当に嬉しかった。

父と楽しく過ごせたのは、あれが最後だったかもしれない。

その後、一緒に出かけたのはあのデパートで、佐倉が『飛んだ』あとは、あまり話もできなくなってしまった。

「どうしてこんなところへ…」

「意識のどこかで、また行きたいと思っていたのかもしれないな」

「俺は大人だし、もう遊園地なんて…」

「気持ちの問題だ。家族で幸せに過ごした場所なんだろう?」

「あ…」

無邪気にサッカーをしていた公園。家族で過ごした遊園地。

潜在意識のどこかで戻りたいと願っていたことを、この力が実現しているのだろうか。

でも、どんな力があろうと、時間は戻せない。

「ごめん、滝さん」

「何が?」

「なんか、俺の思い出に付き合わせてるだけみたいで…」

「ここも悪くない。夜の遊園地なんて、滅多に来られないからな」

滝はかすかに笑って、ジェットコースターを見上げた。

「せっかく来たんだ。少し散歩でもするか」

思わぬ提案に、佐倉はきょとんとした。すぐ出口を探そうと思っていたのに。

「でも警備員に見つかったら…」

「どこかでうっかり寝込んで、帰りそびれたとでも言うさ」

こともなげに言って、奥の方へ歩き出す。

闇の中で眠る巨大なレールは、まるで恐竜の骨のようだ。その向こうには大きなタコの形の乗り物、さらに海賊船のような船が宙に浮いている。

明るい昼間とはまるで違う、幻想的な風景の中に溶け込んでいく滝は、どこか現実離れしていた。

まるで佐倉の夢の中の出来事のような気がする。

なんとなく気後れして近づけずにいると、ふいに滝が戻ってきて手を差し伸べた。

「な、何？」

「暗いから迷子になるだろう」

「え…」

「ほら、来い。手ぐらいじゃ飛ばないはずだ」

何度か唾《つば》を呑《の》み込んだあと、佐倉はおずおずとその手につかまった。

暗くてよかったと思う。明るかったら、真っ赤になった顔を見られてしまっただろう。

重ねた手には確かな存在感があり、これが現実だと知らせてくれる。滝に手を引かれて夜の遊園地を歩きながら、温かいものが胸に満ちてきた。

滝といると幸せだ。

どこにいても、何をしていても。

滝と一緒なら、つらかった記憶も、楽しい思い出に変えられる。

ずっとこの時間が続いてくれるように、佐倉は願わずにいられなかった。

「滝さん、どうしたの？」

研究所に現れた滝の元へ、佐倉は駆け寄った。彼が部屋の中を見まわす。

「部屋に入る許可が下りたと聞いたから、様子を見にきた」

胸の中に喜びがわく。こんな風に気にかけてもらえるのが、嬉しくてたまらない。

「今日は一人なのか？」

「ほかのみんなは大学の研究室を借りて、仕事を続けてる。俺は教授が退院する前に、少しはここを片付けておこうと思って。使えるものは回収したかったんだけど」

思わず溜息をつく。

割れたガラス窓にはとりあえずビニールシートを張ったのだが、機材は修復不能だ。スプリンクラーのおかげで火事にはならなかったものの、資料は水浸しになってしまった。問題はパソコンである。

バックアップがあるものはいいが、波多野は執筆中の原稿をそのままにしていた。なんとかデータを復活させようと、生き残った部分を探しているところだった。

「教授はいつ頃退院できそうなんだ？」

「退屈だって騒いでるから、あと二、三日だと思う」

「お前の体調はどうだ？」

「え？」

「飛ぶのに体力は使わないのか？」

「どうだろう。飛んだ日はいつもより疲れてるような気はするけど」

「あまり負担になるようなら言えよ」

「うん…」

こういう滝の優しさに、胸が締めつけられる。『訓練』に付き合わされている彼のほうが、ずっと負担だと思うのに。

無表情で冷たく見えるのは、見かけだけだ。ストイックな制服と変わらない顔の下には、温かくて広い心がある。

佐倉のような『異質な人間』のことも、偏見を持たずに受け入れてくれた。

疑われて否定され、人に対して臆病《おくびょう》になっていた佐倉の心を、彼の温かさが溶かしてしまった。

彼と一緒にいて、彼のことを知れば知るほど、好きになっていく気持ちを止められない。

佐倉はずっと、自分の心に言い聞かせ続けていた。

滝とするキスは、ただの『訓練』なのだ。力のコントロールがきかない佐倉を心配して、正義感の強い彼が犠牲的精神で付き合ってくれているにすぎない。

彼にとってこのキスは、特別な意味などないのだと。

それでも思い出すたびに、身体の奥が熱くなってきてしまう。

触れた唇の熱。

抱きしめられた腕の強さ。

彼の硬い身体の感触。

たまに浮かべる彼の微笑や、温かな眼差しが脳裏に浮かべば、たまらなく切ない気持ちが胸に満ちる。

それが、だんだんとつらくなり始めていた。

純粋に力になってくれようとしている滝を、自分の下心に利用している気がする。

『訓練』にかこつけて、彼にキスしてもらっているのだから。彼は佐倉のことを好きでもないのに。

事態を打開するためには、うまくコントロールができるようになり、彼の協力に報いるしかない。

でも滝と『訓練』を始めてほぼ一ヶ月。まだ成果はみられない。

自分で意識した場所ではなく、潜在意識が勝手に意図した場所に飛んでしまうのは、どうすればいいのだろうか。

波多野に相談してみても、力の出現の仕方は様々で、明快な答えはないという。

佐倉には、もうどうすればいいのか分からなかった。

それでも彼に会って、挨拶以上の会話ができるのが嬉しい。訓練でもなんでもいいから、キスしてほしいと思ってしまう。

もうあと少しで、心が溢れだしてしまいそうだ。

もし佐倉の気持ちを知ったら、彼はキスするのをやめてしまうかもしれない。男の佐倉に欲情されているなんて思えば、気持ち悪くてキスなどできないだろう。

だから、この気持ちは隠しておかなければならないのだ。

彼と過ごす時間を失わないために。

仕事に戻ろうとする滝に、佐倉は何気ないように呼びかけた。

「そうだ、ほかのフロアに挨拶するから、俺も一緒に出るよ」

「挨拶？」

「爆弾騒ぎで迷惑かけたから、一応、お詫《わ》びを」

菓子折の入った紙袋を掲げてみせる。滝が肩をすくめた。

「別にお前たちのせいじゃないだろう」

「そうだけど、テロにあうような危険な集団だと思われたくないし、四階の研究所の人にも会ってみたいし」

急に滝が眉《まゆ》を寄せた。

「あの研究所に行くつもりか？」

「うん。教授が怪しんでるから、ちょっと様子を見てみようと思って」

「やめておけ」

激しい声でいきなり断言されて、面食らう。

たぶん滝は階段で移動するから、一緒に出ればもう少しだけ傍《そば》にいられる、という軽い気持ちで言っただけなのに、こんな反応は予想外だった。

「どうして…」

「あの教授が怪しいと言ってるんだろう。お前はあそこに近寄るな」

「でも…」

「挨拶なんか必要ない。いいか、余計なことはするなよ」

肩をつかまれ、厳しい眼差しで念を押される。そういう目をする滝は、少し怖い。

「分かったか？」

「う、うん」

「よし」

滝は手を放し、ふっと息を吐いた。

「休憩時間になったら俺も手伝うから、あまり無理はするな」

「うん…」

仕事に戻っていく滝の背中を見送って、佐倉は少し呆然としていた。

いったいどうしたのだろう。四階の研究所に何かあるのだろうか。

もともと滝は、四階と五階の研究所を怪しいと感じていたという。佐倉たちの誤解は解けたが、まだ四階のほうは警戒しているのだろうか。

行くなと言われても、やっぱりどうしても気になった。

爆弾は四階と間違えられたのかもしれない、と波多野は言っていた。もしそうなら、また狙《ねら》われるかもしれない。やんわりと警告ぐらいはしたほうがいいのではないだろうか。

滝に心配してもらえるのは嬉しいが、『超常現象』については佐倉のほうがくわしい。ただ『怪しい』からといって、敬遠するのはどうなのだろう。

階段に行ってみると、もう滝の姿はなかった。佐倉はそのまま四階まで降りて、『超常現象研究所』へ行くことにした。

呼び鈴を押してみたが、反応がない。もう通常業務に戻っているはずだから、誰かいるはずだ。

もう一度押すと、ようやくインターホンから返事があった。

「何か?」

「五階の『超心理学研究所』の者です」

「それで?」

「今回の爆弾事件のことでお話が…」

しばらくの沈黙のあと、ドアが開いた。若い男が顔を出す。

うさんくさそうな目が、佐倉を一瞥《いちべつ》した。

「爆弾事件がどうしたって？」

「ご迷惑をおかけしたので、まずはご挨拶をと思いまして」

紙袋を差し出しながら、軽く中を覗《のぞ》く。四階にはこの研究所以外にもいくつか事務所が入っているので、五階よりは狭そうだ。

機能的な佐倉たちのところと比べ、ソファやテーブルが置かれ、応接室のようになっているらしい。

男は視線を遮るように動き、紙袋を受け取った。

「それはわざわざどうも。それじゃあ、これで」

それだけ言うと、さっさとドアを閉めようとする。

「まだ話があるんです。今回の事件のことで気になることが…」

とりあえず不審な小包には用心するように警告しようと、慌ててドアを押さえた時だった。

ソファの陰に何かが見えたのだ。明らかに、人の足と思えるものが。

「え…」

ぎょっとして、思わず男の顔を見た。

「誰か倒れてますよ。具合が悪いなら、救急車を呼ばないと…！」

携帯電話に伸ばそうとした手を、いきなり男がつかんだ。強い力で中に引っ張り込まれる。

「何を…！」

「おとなしく入れ！」

まずい、と思った瞬間、助けを求めて思わず叫んでいた。

「滝さん！」

だがすぐに手で口を塞《ふさ》がれ、ドアは閉じられてしまった。羽交《はが》い締めのような格好で、奥へ連れていかれる。

部屋の中にはもう一人、年配の男がいた。連行されてきた佐倉を見て、顔をしかめる。

「だから出るなと言っただろう」

「でも、爆弾事件のことで話があると言うもんで…」

若い男がぼそぼそと言いわけをした。明らかに、主導権は年上のほうにあるのだろう。

きちんとスーツを着て、恰幅《かっぷく》のいい会社役員という感じの男性だが、妙な迫力がある。佐倉が知っている学者や研究者とはまったく雰囲気が違う。

ソファの前には、女性が倒れていた。先ほど見えた、足の持ち主だ。

六十歳くらいで、身なりのいい婦人である。まるで死んでいるように、ぴくりとも動かない。

「この人は大丈夫なんですか？」

混乱して聞く佐倉に、年配の男が呆《あき》れたように首を振った。

「自分の心配より他人の心配か？　彼女は眠っているだけだ。ソファに寝かせようとしたら、倒れてしまってね」

「いったいこれは、どういうことなんです？」

「君は五階の研究所の者だと言ったな？　せっかく生き延びたのに、不運な人間はいるものだ」

「え…」

不穏な言葉にどきりとする。生き延びた、とは爆弾のことだろうか。

そこで、さらに恐ろしいものを見つけてしまった。

箱だ。倒れている女性の傍に置いてある。それは、あの爆発のあった日に教授が見つけて、部屋の隅に置いておいた箱とよく似ていた。

佐倉の顔から血の気が引いた。

「その箱は危険です！　早く警察を！」

必死で発した警告の声に、二人の男は顔を見合わせた。

「そうだな。最近は、物騒な連中が多くて困る」

年配の男が落ち着き払って言う。その様子を見て、佐倉ははっと気がついた。

彼らは標的ではない。彼らが犯人だ。

その時、ドアの呼び鈴が鳴った。すぐにノックの音が続く。

「警備員ですが、中を確認させてください」

佐倉の心が飛び上がる。滝の声だ。まさか、さっきの声が聞こえたのだろうか。

「ドアを開けます。いいですね」

有無を言わせぬ口調で断言し、ドアの鍵《かぎ》がまわる音がする。彼は合鍵を持っているのだ。

若い男が素早く佐倉の首に腕をまわし、ドアのほうへ向き直った。

ドアを開けて入って来た滝と、目が合う。佐倉の喉《のど》には、ナイフが突きつけられていた。

「動くな。おかしな真似《まね》をしたら、こいつの喉を掻《か》き切るぞ」

滝はじっと佐倉と男に目を当てながら、静かな声を出した。

「分かった。彼を傷つけるな」

「ゆっくり入ってこい。両手は見えるところにあげてろ」

もう一人の男が背後から近づき、滝の手を紐《ひも》で縛ろうとしている。

佐倉は焦った。このままでは、滝まで捕まってしまう。

「駄目だ、滝さん、爆弾が…！」

喉元のナイフも気にせず叫んだ瞬間、頭に衝撃があり、佐倉の意識がふっつり途切れた。

「…くら、佐倉…！」

誰かが呼びかけている。よく知っている声だ。佐倉の意識がゆっくりと浮上した。

「起きろ、佐倉！」

「ん…」

ようやく目を開けると、後頭部がずきずきと痛んだ。

「大丈夫か？」

「滝さん…」

ぼんやりと彼の顔を見て、何が起こったか思い出そうとした。

「俺、あの連中に捕まって…」

そこで、自分の状態に気づく。手は後ろで縛られ、足首も縛られ、床に転がっていた。

すでに男たちの姿はない。

滝も同じように縛られ、床に座っている。最後に見た記憶がよみがえった。

「ごめん、滝さん、俺のせいで」

滝は溜息をついた。

「もともと俺は、この研究所を探ってたんだ。妙な連中の出入りがあるし、爆弾事件からの動きが明らかにおかしい。何か関係があると疑ってたんだが、当たったな」

「だから行くなって言ったんだ…」

「そうだ。さっき階段の途中で、お前に呼ばれたような気がした。嫌な予感がして、ちょっと確認するだけのつもりだったんだが」

驚いてしまう。階段には扉がついてるし、あの程度の声が聞こえるとは思えない。

「滝さんも実はテレパスなのかも」

「それなら、もっと早く危険を察知してもよさそうなものだ」

「それは予知能力で、また違う力で…」

いや、そんなことを説明している場合じゃない。やっと頭が働き出し、佐倉はまわりを見ましわた。

先ほどの女性はソファに寝かされているが、まるで目を醒《さ》ます様子はない。

ソファと彼らの間に、例の箱が置かれていた。

「滝さん、あの箱、爆弾じゃないかと思う」

「分かってる。動けるか?」

「這《は》うくらいなら…」

「連中は身体検査をしなかったから、胸ポケットに小型のナイフがある。こっちに来て、口で出せるか?」

「やってみる」

佐倉はなんとか上半身を起き上がらせ、膝で滝のほうへ這い寄った。

胸元に顔を寄せ、そこに固いものがあるのを確認する。

「横に寝てくれたほうがいいかも…」

「ああ」

滝が床に身体を倒した。佐倉は彼の上に載る格好で、胸元を唇で探った。

そんな場合ではないと思いつつ、妙な気分になってしまう。布地を通しても分かる、硬く引き締まった身体。

まるで、自分が滝を襲っているみたいな状況だ。

余計なことを考えないように必死で顎《あご》や口を動かし、ポケットからなんとかナイフを出すのに成功した。

それをくわえると、滝が再び座って背中を向けた。

「手に取れるところに落としてくれ」

佐倉が慎重に縛られた滝の手元にナイフを落とす。

滝はうまく受け止め、小さな突起を押して刃の部分を飛び出させた。

ほどなくして、彼の手は縛《いまし》めから自由になった。素早く足の紐も切り、佐倉を縛っている紐も切ってくれた。

それから滝は箱を調べ始めた。蓋に手をかけるのを見て、ぎょっとする。

「滝さん、爆弾が…！」

「いや、この蓋には起爆装置は付いてない」

自信に満ちた声で言い、慎重に蓋を開ける。爆発は起きなかったが、中を見た滝の表情が変わった。

「やっぱり爆弾？　早く警察を…」

「いや、呼んでいる暇はない」

滝はことさらゆっくりした口調で言った。

「連中がたいして身体検査もしなかったのは、すぐにすべてを吹っ飛ばすつもりだったからだ」

「すぐって？」

「もう五分を切った」

「え…」

佐倉の顔から血の気が引いた。

「は、早く逃げ…」

「これはプラスチック爆薬だ。この量だと、前回より威力が高いだろう。これが爆発すれば、かなりの被害が出る」

「そんな…」

「俺にはこれを解除する知識はないし、ビルの全員を避難させる時間もない。お前がやるんだ」

「やるって何を？」

「今までの経験だと、手に持ったものはそのまま飛べる。これと一緒に飛ぶぞ」

佐倉は愕然《がくぜん》とした。

「で、でも、どこへ飛ぶか分からないんだ。人混みの真ん中に出たりしたら…」

自分が死ぬだけならいい。でも滝も、まわりの人の命も危険にさらすことになる。

「訓練しただろう。やるしかない。そうだ、最初に飛んだ埋め立て地がいい。なるべく海の近くを思い浮かべろ。あそこへ飛ぶんだ」

「もし、失敗したら…」

「お前なら絶対できる。いいな、お前は一人じゃない。結果がどうなろうと、俺がいる」

揺るぎない滝の言葉が、胸の奥に沁《し》みこんでいく。滝と一緒なら、なんでもできる気がする。

彼はこんな不確かな佐倉の力に、命まで賭《か》けようとしてくれているのだ。彼の信頼に応《こた》えたかった。そのためには、自分も正直にならなければと思う。

どんな結果になっても、後悔しないために。

「もう時間がない。行くぞ」

「待って」

佐倉は決意を込めて彼を見つめた。

「その前に、一つだけ言わせてくれ」

「なんだ?」

「俺は、滝さんが好きだ。たぶん、俺のこの気持ちのせいで、滝さんとキスすると飛べるんだと思う」

声が震えていないことに、ほっとする。今は、自分の臆病さに負けたくはない。

「俺にとって滝さんとするキスは、ただの訓練なんかじゃなかった。でもそれを言ったら、もう滝さんと一緒にいられないと思って、言えなかった」

滝は黙って佐倉の目を見返していた。驚いたようでも、腹を立てたようでもない、静かな瞳で。

「もっと早く言うべきだったのに、ごめん」

彼がふと手を伸ばし、佐倉の頰に触れた。

「その話はあとでしよう。いいな」

「うん」

「じゃあ、行くぞ」

「分かった」

佐倉は必死に思い描いた。初めて滝と飛んだ場所。

倉庫が見える埋め立て地。海が近くにある。

滝が爆弾の箱を片手で抱えた。もう一方の手を、佐倉の頭の後ろにまわす。

彼の顔が近づいてきて、温かな吐息が、肌の熱が伝わってくる。

そして、唇が重なった。

身体が浮き上がる。耳鳴りが激しくなる。外の空気を感じると、佐倉は祈るような気持ちで目を開いた。

「ここは…」

目前に海が広がっていた。後ろには倉庫街。

滝が間髪を容《い》れず、抱えていた爆弾を思い切り放り投げる。爆弾は海の底に沈んでいき、しばらくして巨大な水しぶきをあげた。

安堵《あんど》のあまり、身体から力が抜ける。滝が振り向き、親指を立ててみせた。

「やったな」

「あ…」

佐倉は自分に向けられた彼の笑顔を見つめた。ずっと見ていたいのに、だんだんぼやけてきてしまう。

そして、佐倉は気を失った。

目を覚ましたのは、見知らぬ部屋のベッドの上だった。確か、埋め立て地の海の傍にいたはずだ。爆弾が爆発して…。

きょろきょろ視線を巡《めぐ》らしている時に、部屋のドアが開く。そこに現れたのは、滝だった。

「目が醒めたか?」

「滝さん!」

がばっと起き上がると、滝が手で制する仕草をした。

「急に動くな。丸一日寝てたんだ」

「丸一日?」

呆然としてしまう。ということは、もうあれは昨日のことなのだ。

「えーと、俺、どうして…」

「いきなりぶっ倒れたから焦ったよ。病院に行こうと思ったが、ただ熟睡してるだけのようだったから、俺の家に連れてきた」

「滝さんの家…?」

「一応、波多野教授にも連絡したが、力を使い過ぎたせいだろうから、ゆっくり寝かせておけと言われた」

滝が軽く佐倉の額に手を当てた。

「熱はないな。気分はどうだ? 痛むところは?」

「だ、大丈夫」

佐倉はちょっと赤くなって首を振った。

滝はシャツとジーンズで、リラックスした格好だった。自宅にいるのだから当然だろう。彼のプライベートを覗いた感じがして、どぎまぎしてしまう。

「ごめん、迷惑かけたみたいで」

「お前のおかげで誰も吹き飛ばされずにすんだんだ。俺のベッドくらい、いくらでも提供する」

ますます顔が赤くなる。

彼のベッド。そうだ、佐倉は彼に告白してしまったのだ。

滝はどう思っているのだろう。

「お前が寝ている間に、大分概要が分かったぞ」

彼は特に以前と変わった様子もなく、事件のあらましを話してくれた。

「あのあと、すぐ警備会社と警察に連絡した。元同僚によると、あの研究所を調べたら埃《ほこり》が出まくったそうだ。あそこのトップは元過激派グループのメンバーで、暴力団ともつながりがあったらしい」

佐倉は唾を呑み込んだ。

初めから波多野は彼らを嫌っていたが、思っていた以上の悪党連中だったのだ。

「あの部屋にいた女性は資産家の未亡人で、薬で眠らされていた。あそこの霊能者に騙《だま》され、すべての資産をあの研究所に寄付するという遺書を書かされていたそうだ」

「まさかそれで、あの人を殺そうと?」

「普通に殺せば、真っ先に疑われるのは連中だろう。だからまず五階を先に狙い、超常現象関係を狙った連続爆破事件に見せかけようとした。粉微塵《こなみじん》に吹き飛ばせば、証拠も消える。彼女も俺たちも巻き添えを食ったことにすればいい」

「そんな無茶苦茶な…」

確かに、一件目の爆弾事件で世間は大騒ぎになっていたから、ただの遺産目当ての殺人だとは思われないかもしれない。

とんでもない霊能者もいたものだ。

「すでに何件か霊感商法で訴えを出されていたから、あの女性の遺産をもらうついでに、全部吹き飛ばして店じまいするつもりだったようだ。俺たちを捕まえた実行犯は姿を消してるが、いずれ捕まるだろう」

佐倉の顔を見て、口元を引き上げる。

「爆弾を処理した方法については、どう話せばいいか分からなかったからな。とりあえず、まだ爆発まで時間があったから、車であそこまで運んだことにしておいた。一緒に真実を話しに行くか?」

佐倉は慌てて首を振った。

「俺の力のことは言わないでくれてよかった。きっと信じてもらえないし、また変な騒ぎは起こしたくないから」

「きちんと説明すれば、今度こそ本物のヒーローになれるぞ」

「俺はヒーローなんかじゃないし、なれるとも思わない。今回のことは、滝さんがいたからできたんだ。俺にとって、滝さんこそがヒーローだから」

「欲がないんだな」

「…欲ならあるよ」

思わず顔を伏せていた。

「話しただろ。俺は滝さんとキスしたくて、訓練に付き合ってもらってたんだ。自分の欲望のせいで、滝さんを危険な目にあわせてしまった」

たまたま今回うまくいったからといって、うやむやにはできないだろう。彼にしてみれば、男の佐倉に恋されたあげく、騙されてキスさせられていたようなものだ。

滝には佐倉を責める権利があり、二度とキスしたくない、と言われても仕方がない。

身体を硬くして彼の反応を待っていると、耳元に溜息が聞こえた。

「俺がやりたくもない相手にキスするほど、お人好しに見えるか？」

「え…」

「だが、キスするとどこへ飛ぶか分からないから、おちおち舌も入れられない」

心臓がでんぐり返った。今度は別の世界に飛んでしまったのかと思う。

自分が妄想する夢の世界へ。

「い、今、なんて…？」

「聞こえてただろう」

滝が苦笑する。

「確かに初めは、それほど深い意味があったわけじゃない。なんとなく、お前にほかの男とキスさせたくなかっただけだ。でもお前、自分がキスする時、どんな顔するか知ってるか？」

「ど、どんな顔してる…？」

「なんていうか、すごく色っぽい顔だ。お前のことは初めから、妙に気になっていたと話しただろう。俺に怯えないようにさせたいとか、明るい顔が見たいとか思って、ますます気になるようになった。その上、あんな顔を見せられたらたまらない」

胸が喜びに満たされる。彼も自分と同じように、ずっと気にかけてくれていたなんて。

毎朝、挨拶してよかったと心から思う。

「俺にとって、お前とキスするのは役得みたいなものだ。本音を言えば、一緒にあちこち飛ぶのはけっこう面白かった」

「ほんとに…？」

「だが何度目かで、少々理性が切れてきた。軽く触れるだけじゃ満足できなくなったからな」

頭がくらくらする。

魂が揺さぶられるような彼のキス。飛ぶ訓練のためにしていたあのキスに、意味を持たせてもいいのだろうか。

まるで夢の中の出来事のようで、現実ではないようだ。

「俺はずっと、滝さんは義務感でキスしてくれてると思ってた」

「どうせ飛ぶなら、お前の部屋のベッドがいいとは思ったな。くどいて連れ込む手間が省ける」

淡々とそんなことを言われ、真っ赤になってしまう。

「い、今のはひょっとして、冗談だったりする？」

「いや。俺はくどくのは苦手なんだ」

見つめる滝の顔は真剣で、確かに冗談を言っているようには見えない。

「滝さんになら、くどかれなくたって俺は…」

「ベッドに連れ込めば、キスだけじゃすまないぞ」

ストレートすぎる物言いに、頭が爆発しそうだ。できれば、もっと表情に出して言ってほしい。そうすれば、本気なんだと分かるから。

でも、彼の目を見て戸惑いは吹き飛んだ。

いつもの鋭い視線が、熱を帯びている。佐倉を焼きつくそうとするみたいに。

「飛ぶためじゃないキスをしてみるか?」

「したい」

即座に返事をしてから、少々不安になった。

「でも、やっぱりどこかへ飛ぶかも…」

「その時はその時だ」

滝が佐倉の上に屈み込み、キスをした。

いつもと同じキス。でも、今までとは違うキスだ。

身体が震え、熱に呑み込まれた。これは自分の熱であり、彼の熱でもある。それが、めまいがするほど嬉しい。

霞《かすみ》がかかったような頭の中に、彼の声が聞こえた。

「まだ部屋の中だな」

佐倉はわずかに目を開けたが、場所を確認しようとは思わなかった。滝の顔だけを見つめている。

今はどこにも行きたくない。せめて彼の熱を感じている間だけでも。

何も考えず、ただ彼とキスしていたい。

「そういう顔は、俺以外の奴にするなよ」

滝がうなるように言い、またキスに戻った。

耳が遠くなり、まわりのすべてが消えていく。体重を彼に預け、たくましい身体にすがった。

求められるままに唇を開き、熱い舌を口の中に受け入れた。

夢中で吸って、舌を搦《から》める。抑えられていた欲望が解き放たれたように、強い刺激を求めて燃えさかった。

もっと欲しい。自分でも驚くほどの渇望が胸を焦がす。

「んんっ…」

感情の高まりと興奮で小さく喘《あえ》ぐと、彼が唐突に唇を離した。

「まずいな」

「なに…」

「お前はもうベッドにいるし、このままだと止まらなくなるぞ」

「止めないでいい」

「本当にいいのか?」

「滝さんが欲しいんだ」

驚くほど素直に、気持ちが溢れ出た。彼になら、心の中をすべてさらけ出してもかまわない。

滝が軽く佐倉の頬を撫でた。

「この状態で、どこかへ飛んだらどうする?」

「いい。滝さんとなら、どんなことになっても」

誰に見られても、どんなことになっても、この幸せな瞬間を手放したくなかった。

またキスが欲しくて、腕を彼の首にまわす。彼がかすかに微笑《ほほえ》んだ。

「もし飛ぶなら、下がやわらかくて、景色の綺麗《きれい》なところにしろよ」

再び与えられた唇に、佐倉はもう考えることを放棄した。


気がつけば佐倉はベッドに横になり、彼のたくましい身体に組み敷かれていた。

ちょうど彼の胸ポケットを探っていた時と、逆の体勢だ。

彼の手がシャツの下に入り込み、素肌に触れる。触れられる感触が気持ちよくて、自分の身体をすりつけた。

「あ…、滝さん…っ」

腹部から胸に上がってきた手が、乳首を擦《こす》る。強くて大きな手なのに、その触れ方は驚くほど優しい。

もっと激しくしてもいいのに。

佐倉は身をよじり、自分でシャツを脱ぎ捨てた。

ずっと、人に触れることが怖かった。

誰かと深く関わって、自分のことを知られ、否定されて拒絶されてしまうのが。

でも滝が相手なら、何も怖くない。

邪魔なものをすべて取り払うと、両手で彼を引き寄せた。

自分からキスをせがみ、何度も触れる。滝の手も、佐倉の身体中に触れてくれた。彼が触れるところがびりびり痺《しび》れ、そこから電流が流れるようだ。

その手が下腹部に達すると、やんわりと握り込まれた。

「もう硬くなってるな」

「滝さんが、触るから…」

「先に一度イっておくか?」

「嫌だ…」

佐倉は大きく首を振った。

「一緒に…」

「分かった」

返事と共に、滝が急に身体を下げた。しがみつく背中を失って、心許《こころもと》ない気分になる。

彼は佐倉の膝を開かせ、太腿《ふともも》に唇を押し当てた。思いがけない刺激に、びくっと大きく震えてしまう。

そんな場所にキスされただけで、爆発してしまいそうだ。

彼はさらにその辺りを噛んだり舐《な》めたりしながら、指で奥を探った。

そこに彼を受け入れることは、佐倉にも分かる。

だが指で広げられ、熱い息を感じ、舌で入口をまさぐられると、全身が跳ね上がった。

「やっ……！」

「しっ、おとなしくしてろ」

「で、でも、そんなとこ…っ」

「俺に任せておけばいい」

「滝さ…」

「今度は俺が飛ばしてやる」

「あ、あっ、う…」

佐倉はただ横たわり、彼に支配され、与えられる快感を味わうしかなかった。

指が奥深くに差し込まれ、抜き差しが繰り返される。

指と口が入れ替わり、今度は舌でしゃぶられる。その間も指は前を弄《いじ》り、溢れ出した蜜《みつ》を擦り取る。

頭の中で星が爆発し、佐倉は切羽詰まった声をあげた。

「た、滝さん、もうっ…」

「まだだ」

「やっ、あっ…」

佐倉はもう死にそうだった。

指と舌で身体が煮え立ち、もう噴きこぼれてしまいそうなのに、滝は次の行動に移ってくれない。

まるで試すように、あちこちに触れるばかりだ。

狂おしいほど彼が欲しくて身悶《みもだ》える。彼に抱いてもらえるなら、あとはどうなってもかまわない。

「も、やだ…っ」

涙目で訴えると、滝が視線を合わせてきた。

「本当にいいのか？　キスより深いところでつながれば、今度こそ飛ぶかもしれないぞ」

「いい…っ！」

佐倉は必死で懇願した。

「何があっても、滝さんに迷惑かけないようにするから…！　だから…！」

「馬鹿」

滝が微笑んで、佐倉の頭を撫でた。

「俺が心配しているのはお前のことだけだ」

「そ、それなら、早く…っ」

「ああ。俺もそろそろ限界だ」

かすかにかすれた彼の声が、ずしりと下腹部に響く。

「じゃあ、行くぞ」

「うん、うんっ」

滝が身体を起こし、佐倉の足を抱え上げた。

入口を探り、滝が入ってくる。圧倒的な重量感と熱さに背筋が痺れた。

「あっ、ああっ」

頭をのけぞらせ、深く息を吸う。奥まで突き入れられると、ふいに涙が溢れた。

「つらいか?」

「ちがっ」

佐倉は大きく首を振った。

「なんかすごく…、嬉しくて…」

ずっと探していた何かを見つけたようで、心まで満たされる。

滝が身体を倒し、優しいキスをくれた。

ゆっくりと、あやすように、彼が動き始めた。彼が沈めるたびに、深く締めつける。

それが佐倉自身の快感を煽《あお》った。彼がリズムを変えて打ちつけると、熱い興奮がどんどん高まっていく。

頭の中がスパークする。

まわりのすべてが消え失せ、佐倉のすべてが彼だけになる。

緊張が限界まで引き延ばされた時、視界がブラックアウトした。


佐倉ははっと顔を上げ、まわりを見まわした。

よかった。ここは彼のベッドだ。おかしなところに飛んだりしていない。

滝が佐倉の首に腕をまわし、軽く抱き寄せてくれた。

「まだここにいるな」

「うん」

彼の胸に顔を埋め、ふと気づく。

「滝さん、ずるい」

「何が？」

「服を脱いでない…」

彼の笑いが胸から伝わった。

「もしまずい場所に飛んだら、俺が盾になってやるから」

彼の気持ちは分からないでもないが、佐倉のほうは裸なのに、やっぱりずるいと思う。

それでも彼の胸の中で、佐倉は幸せだった。

「また力が消えたのかい？」

「はい」

ようやく退院した波多野に、佐倉は頷いた。

あれから滝とキスしても、何も起こらなくなったのだ。

それは佐倉にとって天の恵みのようなものなのだが、波多野に報告するのは少々気が重かった。

「思うんですけど、今回の爆弾事件を防ぐために、一時的に力が復活したんじゃないかと。もう用が済んだので、また使えなくなったのかもしれません」

「それは、面白い見解だね」

波多野は溜息をついた。

「四階の研究所のことは聞いたよ。まったく、けしからん。もっと前に何か手を打っておくべきだった。彼らがまともじゃないことは分かっていたのに」

「教授のせいじゃありませんよ。予知能力はないんですから」

「君の見解通りだとすると、君の力は予知能力を合わせ持つことになるな」

「はあ」

「もしくは、キスすること自体が目的になると、力が発動されんのかもしれん」

「きょ、教授！」

焦りまくる佐倉に、波多野がにっこりした。

「君の電波は強烈だと言っただろう。幸せのオーラが漏れ出ているよ」

「あ、あの…」

「君が幸せなら、私に文句はない」

「教授…」

「だが研究対象としては、非常に興味深い。研究所を再開したら、ぜひ再検査しよう。もちろん、彼も一緒にな」

「それは、どうでしょう…」

「何、大丈夫。この力は、愛の力と同じように不可思議なものだ。いずれ戻ってくることもあるだろう」

意味ありげに言う波多野は、何か確信があるようだ。

でも佐倉は複雑な心境だった。

本当のところ、また力が使えるようになりたいのか、なりたくないのか、自分でもよく分からない。

せっかく滝と本物のキスができるようになったのに、おかしな場所に飛びたくない。超能力なんかに惑わされず、普通の人間として彼と付き合っていきたい。でも滝は、一緒に飛ぶのが面白いと言ってくれた。今、滝と一緒にいられるは、この力のおかげかもしれない。

やっぱりこの力はギフトだったのだ、と佐倉は思った。

光を突き抜けろ

「お、おはよう、滝《たき》さん」

佐倉祐希《さくらゆうき》はどぎまぎしながら、滝亮介《りょうすけ》に呼びかけた。

目が醒《さ》めたら、目の前に滝の顔があったのだ。いまだにこういう状況には、心臓が爆発しそうになってしまう。

「悪い、起こしたか」

滝が手を伸ばし、軽く佐倉の頭を撫《な》でた。

「おはよう」

「もう時間？」

「まだ早い。お前は寝てろ」

そう言い置いて、彼がベッドを下りた。寝室のドアへ向かう姿を、ぼうっと目で追う。

上半身には何も身につけていない。綺麗《きれい》に筋肉がつき、引き締まった背中。本当に昨夜、あそこにしがみついたりしていたのだろうか。見ているだけで、鼓動が躍り出してしまうのに。

彼の後ろ姿が見えなくなると、全身から力が抜けた。

滝が触れた場所に、自分で触れてみる。確かにここに、彼が触れた。自分は目が醒めているし、これは現実だ。

あのたくましい背中に抱きついたのも。

頭の中で確認しないと、まだ夢を見ているように思えてしまう。彼のこんな近くにいられることが、本当に夢のようだから。

佐倉の職場があるビルで、警備員をしている滝。彼とはただ、朝の挨拶《あいさつ》を交わすだけ。それで不思議と幸せな気分になれた。

あの頃は、挨拶以上の会話をすることすら、無理だと思っていたのに。

それが滝とキスすると瞬間移動してしまう、という異常事態が起こり、『訓練』で彼がキスしてくれるようになり、今では『恋人同士』のキスができるようになった。

もし過去に戻る力があって、昔の自分に話すことができても、きっと信じないだろう。

佐倉はかつてないほど、平和で幸せな日々を送っていた。彼と気持ちが通じてから、ほぼ三ヶ月。季節は夏から秋に移ろうとしていたが、瞬間移動の力は戻っていない。

そのおかげで、滝とキスしたらどこかに飛んでしまう、という心配がなくなった。週末にはこうして彼の部屋に泊まり、朝まで一緒に過ごすことができる。触れられるほど近くで、誰よりも先に『おはよう』と言えるのだ。

頰《ほお》をつねりたくなっても仕方がないと思う。

仕事がある日は、出勤が早い滝のほうが先に出る。朝はコーヒーくらいしか飲まないそうで、ゆっくりしている時間はあまりない。

そのため、佐倉が一緒に早起きしなくていいように、彼が合鍵《あいかぎ》をくれた。その鍵は、佐倉の宝物である。滝が自分を信用してくれた証《あかし》のような気がするから。

佐倉はずっと人付き合いが苦手で、恋愛にも臆病《おくびょう》だった。こんな風に好きな人と付き合えるのは、初めてのことなのだ。

滝には何も隠す必要がなく、心を許して傍《そば》にいられる。彼にも同じように思ってもらえたら、こんな嬉《うれ》しいことはない。

ベッドの中でしばらく幸せに浸っていた佐倉は、ふと我に返った。そうだ、滝が出勤してしまう前に、今日はやりたいことがある。

決意を固めながら、勢いよく起き上がった。ぱんと一つ頬をたたいて気合いを入れ、自分もベッドを抜け出す。

寝室を出ると、滝はもう身支度を整えていた。

「もう出るの?」

「ああ。お前は起きなくていいんだぞ」

「うん、でも…」

「時間までゆっくりしてろ」

滝はちらりと時計を見て、飲んでいたコーヒーのカップを置いた。ジャケットを羽織り、すぐ玄関のほうへ行ってしまう。

佐倉は慌てて彼のあとを追いかけた。ドアから出ようとする滝に、思い切って呼びかける。

「あの、滝さん…」

「なんだ？」

「えっと、その…」

言葉に詰まる佐倉に、滝が不審そうな顔をする。

「どうした？　何かあったか？」

「ち、違う、ただ言いたくて…」

「何を？」

「あの、その、いってらっしゃい…」

ただ彼を見送りたかっただけなのに、変な挨拶になってしまった。こんなことで緊張しまくるとは、我ながら情けない。

自己嫌悪で顔を赤くしていると、滝がかすかに笑った。

「ああ、いってくる」

そう言って軽く手を上げ、彼は外へ出ていった。

子供の頃から抱えていた『秘密』のせいで、佐倉は人と距離を置いてきた。過去の経験から、他人は『怖いもの』という感覚が沁《し》みついている。

だから警備員の滝に朝の挨拶をするだけでも、かなりの勇気を要していた。

普通なら、恋人が出かける時の『いってらっしゃい』くらい、さらりと言えるだろう。それが佐倉にはなかなか難しい。今でもまだ、どうしても緊張してしまう。

でも滝は、そんな佐倉を理解して、挨拶を返してくれる。

佐倉の『力』を知った時も、気味悪がったりせずに、きちんと受け止めてくれた。キスすると一緒にどこかへ飛んでしまうなどという状況下でも冷静で、むしろ面白いと言ってくれた。

彼のような人は、滅多にいないだろう。出会えたことが、本当に奇跡のようだと思う。

玄関先で立ったまま、佐倉はその幸運を噛《か》みしめていた。


滝の部屋を出て、自分も職場に向かいながら、佐倉はまだふわふわした気分だった。

佐倉が勤める『超心理学研究所』は、滝が警備するビルの五階にある。ビルが近づいてくるにつれ、ますます心が浮き立った。

今日も滝は入口に立っているだろう。また彼に『おはよう』と言えるのだ。そうしたら、きっと挨拶を返してくれる。

一日に二度も幸せな気分を味わえるなんて、なんて贅沢《ぜいたく》なんだろう。いや、今日は『いってらっしゃい』も言えたから、三度目だ。

浮かれた気分で呆《ほう》けていたので、目の前に現れた人物に気づくのが遅れた。距離が近すぎて避けきれず、肩口にぶつかってしまう。

「す、すみません」

慌てて謝ると、相手の男がかすかに笑った。前に立ち塞《ふさ》がるようにして、いきなり言う。

「佐倉祐希さんだね？」

ぎくっとした。見知らぬ人物にフルネームで呼ばれるのは、何か嫌な感じがする。

男は四十歳くらいだと思うが、サラリーマンには見えない。無精髭《ぶしょうひげ》をはやし、ラフなジャケットを着て、どことなく不穏な雰囲気だ。

無視するわけにもいかず、佐倉は戸惑いながら頷《うなず》いた。

「そうですけど…」

「君が超能力少年か」

心臓の鼓動が跳ね上がる。

『超能力少年』と呼ばれたのは、九歳の頃だ。車に轢《ひ》かれそうになって瞬間移動した少年、として騒がれ、次いで『インチキ少年』と呼ばれた。

あの頃のことは、思い出したくないつらい記憶である。

「…なんの話か分かりません」

佐倉は動揺を抑え、精一杯とぼけてみせた。

「隠さなくてもいいよ。俺は知ってるんだ」

「何を知ってると言うんですか」

「君がテレポーテーションできることだ。この前の爆弾事件の時も、それを使ったんだろう？」

顔から血の気が引いてしまう。

確かに、滝とキスすることで佐倉の力が発動し、爆弾を海に捨てることができた。だが、対外的には滝が処理したことになっている。

超心理学研究所のメンバーと滝以外、本当のことは誰も知らないはずなのに。

「ば、馬鹿なこと言わないでください。俺は何も…」

「そんなに警戒しなくていいよ。俺に協力してくれれば、悪いようにはしないから」

「協力って…」

「ああ、申し遅れたが、俺はこういうものだ」

男が懐から出した名刺を差し出す。佐倉は反射的に受け取って、書かれている文字を読んだ。

そこには、『ルポライター　権田浩一郎《ごんだこういちろう》』とあった。

ますます顔が青ざめる。ルポライターということは、これは取材なのだろうか。つまり、佐倉のことを記事にすると？

子供の頃、勝手な憶測や中傷を記事にされ、まわり中に白い目で見られた。その記憶が頭によみがえって怯《おび》えが走る。

「お、俺、何も知りません！」

「まあ、とにかく話を…」

「ほんとに関係ないので！　俺はもう失礼します！」

佐倉は彼の横をすり抜け、その場から逃げ出した。ビルの中に逃げ込む寸前で権田に追いつかれ、腕をつかまれてしまう。

「待てよ」

「放してください！」

権田の力は強く、腕を振り払えない。彼が口元で笑った。

「テレポーテーションで逃げたらどうだ？」

「お、俺、そんなことできませんから！」

「そう怯えるな」

佐倉の顔をじろじろ見て、権田がにやつく。

「超能力者なんてどんな化け物かと思ったら、けっこうかわいいじゃないか。気に入ったぜ」

佐倉はびくっと震えた。『化け物』という言葉が、ずきりと胸に突き刺さる。

子供の頃、いつも一緒にサッカーをやっていた友達に、そう言われたことがあった。『超能力少年』としてテレビに出てから、急変したまわりの態度。

超能力に対する世間の反応は、インチキか化け物なのだ。研究所の人たちや、理解のある滝といたから、ついそのことを忘れていた。

こんな事態にならないように、ずっと用心してきたのに。

「いいからちょっと来い。秘密をバラされたくないいんだろう？」

「あ…」

腕を強く引っ張られ、彼のほうへよろめく。頭の中はパニックだった。どうしよう。ここはおとなしく付いていったほうがいいのだろうか。でも…。

ぐるぐるする頭の中に、低い、よく通る声が聞こえてきた。

「そこで何をしてるんです？」

ぱっと顔を上げると、制服姿の滝が目に飛び込んでくる。その姿を見たとたん、佐倉の身体《からだ》に力がよみがえった。

「滝さん…！」

咄嗟《とっさ》に権田の腕を振り解《ほど》き、彼の元へ駆け寄っていた。佐倉を背にかばうようにして、滝が権田に向かって至極冷静に言う。

「彼に何かご用ですか？」

権田は小さく舌打ちした。

「俺たちはちょっと話をしていただけだ」

「揉《も》め事なら警察を呼びますが」

「別に揉めてなどいない」

値踏みするような視線を滝に向ける。一歩も引かない感じに、分が悪いと悟ったらしい。あとずさりながら、佐倉に向かってにやっとした。

「続きは別の場所でしよう。じゃあ、またな」

馴《な》れ馴れしい感じで声をかけてから、踵《きびす》を返して立ち去っていく。権田の背から目を離さないまま、滝が口を開いた。

「大丈夫か?」

「う、うん」

「あいつは何者だ?」

「あの、実は…」

そこでふと、自分たちが注目を浴びているのに気がついた。ちょうどビルに出勤してきた人たちが、何事かとこちらを見ている。

おそらく滝はガラスの扉越しに佐倉たちを見て、様子を見にきてくれたのだろう。それは警備員として仕事の一環かもしれない。

でもこれ以上、個人的なことで勤務中の彼に迷惑はかけられない。彼は佐倉のためだけにここにいるわけではないのだから。

彼に頼ろうとする自分の心にブレーキをかけ、なんとか平静な顔を作る。

「なんでもないんだ。ちょっと質問されただけで…」

滝が振り向き、佐倉と目を合わせてきた。

「何を聞かれた？」

「えっと、その…」

「何かあるなら、俺に話せ」

帽子の下の鋭い瞳に捉《とら》えられると、隠し事をするのは難しい。思わず口を開きかけた時、ふとある考えが頭に浮かんだ。

もし権田が本当に記事を書き、佐倉の『力』がまわりに知られたらどうなるのだろう。自分と一緒にいる滝にも迷惑が及びかねない。

過去の騒ぎでは結局、両親が離婚することになった。父とはすっかり疎遠になり、母とも距離ができてしまった。

これが原因で、滝との関係が壊れるようなことになったら…。

冷たい手で心臓をつかまれたような感覚に、佐倉は震えた。動揺のあまり、咄嗟に滝から目をそらしてしまう。

「た、たいしたことじゃないよ。道を聞かれただけ」

「佐倉」

「滝さんは仕事中だろ。俺も仕事に行かなきゃ」

ちらっとまわりを見て、わざと聞こえるように言う。

「お世話おかけしました」

ぺこりと頭を下げ、彼から逃げるようにビルの中へ入った。そのまま、そそくさと階段に向かう。

ほとんどの人がエレベーターを使うので、階段ホールには人気がない。静けさに包まれて、佐倉はほっと息をついた。

五階までエレベーターではなく階段を使うのは、運動不足解消のためだった。でも警備員の滝も階段を使っているため、偶然ここで会えることがある。そもそもの始まりも、この階段だった。

だからこの階段を上るのも楽しみの一つのはずなのに、今日は力が入らない。普段は勢いよく駆け上がる階段を、のろのろ上った。

滝はどう思っただろう。心配してくれたのに変な嘘をついて、彼から逃げ出してしまった。でも、どうすればいいか分からなかったのだ。

頭の中で、権田の言葉がリフレインする。

彼は過去のことだけではなく、最近のことも知っていた。このビルの四階に入っていた『超常現象研究所』が起こした、爆弾事件。

佐倉と滝は彼らに捕まり、ビルごと爆破されそうになったが、ギリギリで助かった。あの時に佐倉の『力』が使われたことを、どうして権田が知っているのだろう。

あれからもう、三ヶ月だ。最初の爆弾で被害を受けた五階の修復も終わり、四階には新しく『再生可能エネルギー開発事業』という、害のない財団法人が入った。

事件についての報道も収まり、すっかり平和を取り戻した今になって、記者が現れるなんて。彼は佐倉の『力』を、特ダネとして記事にするつもりなのだろうか。

テレビに出た結果、引き起こされた悪夢のような日々。それが再び繰り返されるのかと思うと、ぞっとする。

『お前、超能力使えるんだろ。このボールをゴールまで飛ばしてみろよ』

小学校に入学した時から仲のよかった友達にそう言われた時、佐倉はただ突っ立っていた。何を言えばいいか分からなかったから。

『できないのかよ、化け物のくせに！』

彼が言い出すと、まわりのみんなも同調した。親友だと思っていた相手の豹変《ひょうへん》ぶりは、子供だった佐倉の心を深く傷つけた。

さらにそのあと、『嘘つき』とか『いかさま師』とか、覚えのない中傷が相次いだ。

また、同じことが起こるのだろうか。第一、あの『力』は消えてしまったのだ。変なことを書かれ、それを証明しろと言われても、もう飛ぶことはできない。

しかも、今回のことには滝も関わっている。そのことまで知られ、彼を騒ぎに巻き込むことになったら…。

佐倉は唇を噛みしめ、階段の途中で立ち止まった。自分はどうなってもかまわない。でも滝に迷惑をかけることだけは、絶対に阻止しなければ。

やっぱり、こんな力などなければよかった。今朝までは、あんなに幸せだったのに。

溜息《ためいき》をつき、再び重い足を動かす。ようやく五階にたどりつき、『超心理学研究所』のドアを開けた。

すると、所長の波多野《はたの》が駆け寄ってきた。

「佐倉くん、待ってたんだよ！」

いつにない真剣な表情で言われ、どきりとする。まさか、権田がここにも来たのだろうか。

「何かありましたか?」

「実はな」

波多野が悲愴《ひそう》な声を出す。

「コーヒーメーカーが動かないんだ」

佐倉は一気に脱力してしまった。波多野の前だと、暗い気持ちが吹っ飛んでしまう。

「ちゃんとセットして、スイッチ入れました?」

「もちろんだ。教わった通りにしたが、ウンともスンとも言わない」

佐倉はさっそくコーヒーメーカーのところに向かった。ちゃんと粉も水もセットしてあるが、確かに動かない。

「おかしいな、先週はちゃんと…」

そこで機械の後ろを見て、合点がいった。

「コンセントが外れてますよ、教授」

波多野が唸《うな》った。

「なるほど。そんな根本的かつ基本的な問題だったか」

「また足で引っかけたでしょう」

「いや、どうだったかな。何かにつまずいた気はするが」

「気をつけてくださいよ。稼働中に熱いコーヒーをかぶったりしたら大変なんですから」

「大丈夫だ。コーヒーはすぐなくなるからね」

ひょうひょうと言う波多野に溜息をつき、佐倉はコンセントを入れ直した。コーヒーメーカーが音をたて、稼働し始める。

もう引っかかったりしないように、コードを邪魔にならない場所へ押し込んでいると、ふいに後ろから波多野が言った。

「今日は元気がないね」

「そ、そうですか?」

「最近はずっと楽しそうだったし、特に週明けの朝は機嫌がいいのに」

「そんなことは…」

ごまかそうとする言葉が、途中で途切れてしまう。否定しても無駄だと分かっていた。波多野は精神感応者である。心が読める、というわけではないのだが、感情の動きは隠せない。

滝への気持ちも、佐倉本人より波多野のほうが先に気づいていた感がある。

どのみち、波多野には嘘をついてもすぐバレる。それに権田が佐倉について知っているなら、当然、この研究所のことも調べるはずだ。『超心理学』がどういうものか知れば、おのずと佐倉の力と結びつけられる。

おかしな記事が出れば、波多野や研究所のメンバーにも迷惑がかかってしまう。こういう問題が起こったら、所長の波多野に報告する義務があるのだ。

佐倉は一つ息をついてから、口を開いた。

「実はさっき、ルポライターの権田という男に声をかけられたんです」

「ルポライター？」

「はい。彼は俺の力のことを知っていて、この前の爆弾事件の時も使ったんだろうと言われました」

「ふむ。それは興味深い」

波多野が思案げな顔になる。

「その人物は連絡先を残したかい？」

「確か名刺が……」

佐倉はポケットを探った。逃げ出す時に、そのままポケットに突っ込んでいたのだ。

「これです」

波多野は名刺を受け取り、ためつすがめつして小さく頷いた。

「特に出版社や雑誌の名前はないね。たぶんフリーの記者だろう」

改めて名刺を見ると、確かにルポライターとしか書いていない。

「それで用件はなんだった？」

「話があると言われて……」

「言われて？」

「その、思わず逃げてきました」

「そうか」

顔が赤くなってしまう。ろくに用件も聞かずに逃げ出すなんて、いい歳《とし》した大人がやることではないだろう。

昔のことを思い出し、動揺しすぎてしまった。子供の頃に植え付けられた、他人に対する恐怖。今でもそれを払拭《ふっしょく》できていない。

波多野が元気づけるように、佐倉の肩をたたいた。

「なに、心配はいらないだろう」

「でも……」

「たぶん佐倉くんは、カマをかけられたんだ。君の昔の記事でも見て、想像力を働かせたんじゃないかな。何か証拠があるなら、もっと早く行動を起こしただろうからね。憶測でテレポーテーションなんて書かれても、誰も本気になどしないよ」

「あ……」

佐倉ははっとした。言われてみればその通りである。何を言われても、知らない振りでごまかし通せばよかったのだ。

あんな風に怯えて逃げ出したせいで、権田は何かあると確信してしまったに違いない。

自分がつくづく情けなくなる。波多野や研究所のみんなに守られ、『怖いもの』から遠ざかってきた結果、自分は少しも成長していない。

「佐倉くんは堂々としていればいい。人に恥じることなど何もないんだから」

「でももし、研究所に迷惑がかかることになったら……」

「そうだね、むしろ矛先をこっちに向けたほうがいい。また何か言ってきたら、私を通すように言ってやりたまえ。私はそういう対応に慣れてるから」

にっこりして言う波多野の言葉に、佐倉は改めて考えてしまった。彼はずっと前から人の特種な能力について研究してきて、自身の力も活用している。

でも『超心理学』は新しい学問で、日本ではあまり認知されていない。こういう分野の先進国であるアメリカではどうだったのだろう。いつもひょうひょうとして朗らかな波多野も、過去にはつらい経験をしたのだろうか。

「教授はアメリカで、犯罪捜査に協力したこともあるんですよね」

「容疑者の取り調べに立ち会って、証言の信憑《しんぴょう》性を判断するくらいのことだけどね」

「教授の力のことを、まわりはすぐ認めてくれたんですか?」

「一緒に仕事をした警察官たちの反応は、ほぼ同じだったよ。まずは馬鹿にして、不審感を抱き、でも最後には信じてくれる。信じざるを得なくなる、というのが正しいかな」

茶目っ気たっぷりに片目を瞑《つぶ》ってみせる。

簡単そうに波多野は言うが、疑いの目を向ける相手の心を覆すのは、かなり大変だったことだろう。でも彼には、まわりを認めさせてしまうだけの力があったのだ。そして堂々と、その力を人の役に立てている。

「教授はやっぱりすごいですね」

心からの賛辞に、波多野は笑って手を振った。

「いや、もともと刑事という人種は論理的な思考の持ち主だから。そういう点では、滝くんも似たところがあるね」

急に滝の名を出され、佐倉はどきっとした。波多野は滝と佐倉の関係を知っている。佐倉が週明けに機嫌がいいわけもバレているに違いない。

「滝さんは、前は警察官だったそうなので…」

ちょっと照れながらそう言うと、波多野が頷いた。

「なるほど、それで納得だ。何かあったら、彼に相談するといい」

大きく首を振ってしまう。

「彼に迷惑はかけたくないんです。変な騒ぎに巻き込みたくないし」

「ふむ、昔のことがあるから君の不安も分かるが、滝くんは多少のことでは動じないと思うよ。きっと力になってくれるだろう」

ぽんと肩に手を置いて続ける。

「関係をうまく続ける秘訣《ひけつ》は、大事な人に秘密を持たないことだ。私はこれを結婚生活で実践していたよ」

「でも教授、離婚されたんじゃ…」

「うーん、そこが謎なんだな。まったく、世の中は不思議に満ちておる」

しみじみと言う波多野に、佐倉は思わず笑ってしまった。

ずっと自分のことも他人のことも信じられなかった佐倉は、彼に会ったおかげで救われた。自分は『化け物』などではないと分かったから。

研究所のメンバーは、多かれ少なかれ『力』を持っている。そのせいで、みんないろいろな苦労をしたに違いない。

でも今はその『力』をコントロールして、必要とされる場所で生かしている。

彼らの役に立ちたいという気持ちは変わらない。佐倉の『力』はなくなったとしても、もっと自分自身を成長させなければと思う。

もう誰も傷つくことがないように。


佐倉はその日、遅くまで資料整理をしていた。

爆弾騒ぎでバラバラになってしまった資料やデータを可能な限り復元し、整理し直しているのだ。何しろ膨大な量なので、かなり時間がかかる。急がなくてもいいと言われているが、少しでも早く終わらせたかった。

中には復元不能のデータもあり、波多野が執筆中だった原稿もそこに含まれている。

波多野のパソコンは、爆風の直撃を受けたあげく、スプリンクラーの水をかぶってしまった。

彼はバックアップを取っておらず、原稿はほぼ全滅だ。

波多野自身も肋骨《ろっこつ》と足の骨折で入院したため、出版社からは締め切りを延期してもらったらしい。でももう怪我《けが》は全快したし、さすがに編集担当の視線が怖くなってきて、波多野もせっせと書き直しを始めた。

また研究所に泊まり込んで体調など崩さないように管理するのも、助手である佐倉の仕事だ。今日は波多野を適当な時間で家へ帰して、佐倉は残って仕事を続けた。

早く必要な資料を整えておきたい気持ちはあったが、今日はそのためだけに残っていたわけではない。

悩んでいる時は、黙々と作業をするのが役に立つ。余計なことを考えないでいいから、心が落ち着いてくるのだ。

でもようやく一段落した時、佐倉はまだ迷っていた。

結局、滝にはあれから会えていない。彼の勤務時間はもう終わり、夜勤の人と交替してしまった時間だ。

波多野の言葉は正しいと思う。滝に秘密など持ちたくない。権田のことを彼に話すべきだと分かってはいたが、まだ心の準備ができていなかった。

もし本当に、佐倉のことが記事になどなったら、滝はどう思うだろう。

自分がまわりから異質な目で見られるのは仕方がない。でも、一緒にいる滝まで変な目で見られるかもしれない。

面白半分の興味に、無責任なデマや中傷。

父はそういうものに耐えきれず、家を出て行った。母は理解しようとしてくれたが、佐倉が一人暮らしを決めた時、ほっとしたのを知っている。

滝はもともと『超能力』などに興味はない、と言っていた。それでも佐倉のために、力をコントロールするための訓練をしてくれた。

公正で責任感が強い人なのだ。自分の感情はどうあれ、彼はきっと、佐倉を守ろうとしてくれるだろう。でもそのために無理をさせ、佐倉との関係が彼の負担になったら…。

佐倉は首を振り、暗い考えを追い払った。まだ記事になるとは限らない。波多野の言った通り、ただの憶測なら誰も信じないはずだ。

それでも、不安は拭《ぬぐ》えなかった。せっかく普通の恋人同士として、滝と付き合えるようになったのに。つくづくこの『力』が恨めしい。

ビルの外へ出て、すっかり更けた夜空を見上げる。秋が近づいてきて空気が澄み、いつもより星がよく見えた。

ふと思い出す。滝と『訓練中』に、夜の遊園地に飛んでしまったことがある。そこは、失った家族を思い出させる場所だった。でも今、あの場所は滝と過ごした幸せな思い出に満ちている。

佐倉の『力』があってもなくても、滝は変わらずにいてくれた。キスすればどこへ飛んでしまうか分からないのに、抱きしめてくれた。

挨拶をすることにも怯えていたような自分が、『力』を使って人を救うことができたのも、滝のおかげだ。彼が勇気をくれたから。

きらめく星を見ながら、佐倉は心を決めた。これから先のことを怖がって、ぐずぐず考えるのはもうやめよう。

明日はちゃんと滝におはようの挨拶をして、話があると伝えるのだ。彼の勤務が終わったあとに会えたら、すべて話そう。佐倉の不安も含めて。

かつて自分の『力』が、両親の関係を壊してしまった。今度はそんなことが起きないように、精一杯の努力をするしかない。

今夜はゆっくり寝て明日に備えよう、などと考えながら、家に向かって歩いている時だった。

ふと何かの気配を感じた瞬間、背後からいきなり突き飛ばされていた。勢いで道路に倒れ込んでしまう。

思い切り膝《ひざ》を打ち付け、小さくうめきながら振り向くと、黒い人影が見下ろしていた。逆光でシルエットになっている男の手に、何か細長いものが握られている。

野球のバットだ、と分かった瞬間、男がそれを振り上げた。頭上に振り下ろされるバットから身を守ろうと、佐倉は咄嗟に腕を上げた。

殴られる衝撃に備えて身を固くした瞬間、ふっと身体が浮いたような感覚がした。次いで、激しい耳鳴り。

はっと気づいて目を開けたとたん、佐倉は呆然《ぼうぜん》とした。目の前に、滝の顔があったから。

「た、滝さん、どうして…」

「それはこっちの台詞《せりふ》だ」

落ち着いた声で言う滝に、慌ててまわりを見まわす。ここは、さっきまでいた場所じゃない。でも見覚えがある。

「え、えーと、これは…」

「どうやら、俺がいなくても飛べるらしいな」

「あ…」

そうだ。再び佐倉は『飛んだ』のである。自分の家の前の道路から、なんと滝の寝室の、ベッドの上に。

「た、たぶん、襲われたショックで、力が復活したんじゃないかと…」

「襲われた?」

滝の表情が変わる。

「何があった?」

鋭い目で詰問されて、佐倉は身をすくませた。

「よ、よく分からない。後ろから急に突き飛ばされて、バットで殴られそうになった。そのあと、気づいたらここにいて…」

「相手の顔は見たか?」

「いきなりだったし、暗くてよく見えなかった」

滝が厳しい顔で黙り込む。

佐倉は動揺を隠せなかった。もう『力』はなくなったと思っていたのに。しかも、まっすぐ滝のところに飛んできてしまうとは。

あの咄嗟の瞬間に、潜在意識のどこかで彼に助けを求めたのだろうか。佐倉が力を使うたびに、彼を巻き込んでしまう。

「ごめん、滝さん。またこんなことになって…」

びくびく顔をうかがいながら謝ると、彼がふうっと息を吐いた。

「お前が無事ならいい」

彼の腕が伸びてきて、ぎゅっと抱きしめられる。変わらない温かさ。彼の腕に包まれると、佐倉の心から不安や恐怖が溶け出していく。

「お前にその力があってよかった」

「え…」

「飛べなかったら、今頃お前は大怪我か、下手《へた》すれば死んでいたかもしれない。これからも何かあったら、俺のところに飛んでこいよ」

「滝さん…」

彼の言葉が胸に染み渡る。

さっきまで、こんな力などなければよかった、と思っていたのに。滝のところへ飛んでいけるなら、嬉しいように感じてしまう。彼が言う『何かあった時』というのは『危険な時』なので、喜んでいる場合ではないのだが。

滝はまた一つ息をつき、佐倉の身体を離した。

「本当に襲われる心当たりはないのか？」

「う、うん。今日は資料整理をしてただけだし」

「最近、何か変わったことは？」

どきりと心臓が鳴る。普段と違うことで思いつくのは、権田のことだ。彼に話そうと決めたばかりだが、こんな急展開で彼と相対することになり、心の準備をする暇がなくなってしまった。

でももう、彼に隠し事はしたくない。佐倉はおずおずと口を開いた。

「あの、実は、話しておくことがあって…」

「今朝、お前と話していた男のことか？」

いきなり核心をつかれてしまい、佐倉は目を丸くした。

「やっぱり滝さんには、波多野教授と同じような力があるのかも…」

「テレパスでなくでも、見れば分かる。あの時、お前は俺にいつもの挨拶もできないほど動揺してたからな」

「う…」

思わず赤くなってしまう。毎朝する『おはよう』の挨拶。それを佐倉が楽しみにしていることは、とっくにバレているらしい。

「それで、あの男は何者だ？」

「彼は権田っていう記者で…」

佐倉は今朝のことを話した。いきなり力のことを知っていると言われて怖くなり、用件も聞かずに逃げ出したことを。

「どうしてあの時すぐ、俺に言わなかった？」

「滝さんは仕事中だったたし、それに…」

「それに？」

「その、急に怖くなって…」

「何が怖い？」

佐倉は彼の顔をちらりと見てから、目を伏せた。

「もし俺の力のことが記事になって、昔みたいな騒ぎになったら、滝さんにも迷惑がかかると思って…」

耳元で溜息が聞こえた。

「おかしな心配をするな」

「滝さんはああいう騒ぎを知らないから。俺のまわりにいるだけで、関係のない人までひどい目にあうんだ」

「俺は関係ないわけじゃないだろう。テレポーテーションするためにお前とキスしている時点で、俺もとっくに当事者だ」

「だから余計に、滝さんを巻き込みたくない」

佐倉の顎《あご》を滝の手がつかみ、くいっと顔を上げさせられる。

「もし本当にそんな騒ぎになったら、俺を遠ざけるつもりだったのか？」

「それは、その…」

鋭い彼の目に射抜かれて、口ごもってしまう。

「俺が汚職警官だと疑われた時、俺のまわりにいた連中は、みんな俺から離れていった。誰もとばっちりなど受けたくないからな」

「あ…」

「またそんなことがあったら、お前も俺から離れるか？」

佐倉はぶんぶんと首を振った。

「絶対、離れない」

「なぜ？」

「まわりが何を言っても、俺は滝さんを信じてるから」

「本当か？」

彼が口元を引き上げる。

「記者のことを話さなかったのは、俺を信用してないからだろう」

「ち、違う！」

佐倉は慌てて言った。

「ちょっと心の準備をしたかっただけで、明日にはちゃんと話すつもりだったんだ。教授にも忠告されたし」

「波多野教授には話したのに、俺には話せなかったのか」

彼の怒りを感じて、おろおろしてしまう。

「そ、そういうわけじゃなくて、教授には隠しても無駄だから…」

「お前はまだ俺といると緊張してるし、変な遠慮をする。少しは心を許してくれるようになったと思っていたのにな」

佐倉はどきっとした。彼の言う通り、いまだに滝といると心臓が飛び出しそうになってしまう。でもその理由は、まったく違うのだ。

「確かに俺は、滝さんといると緊張するよ」

気持ちを誤解してほしくなくて、はっきり断言する。

「でもそれは、滝さんが好きだからだ」

彼の目を見返して、さらに続けた。

「ただ俺、好きな人とこんな風に付き合えるのは初めてだから。なんか、こういう幸せに慣れてなくて、いちいちどぎまぎするっていうか…」

かなり恥ずかしいことを言っているのに気づいて、顔が赤くなってくる。

「でもほんとに、滝さんほど心を許した人はいないんだ。さっき殴られそうになった時だって、咄嗟に滝さんのことが頭に浮かんだから、ここに飛んできちゃったんだと思う。滝さんはほかの誰とも違う。俺には滝さんだけなんだ」

恥ずかしさを堪《こら》えて必死に言い募っていると、急に滝の口元が笑んだ。

「思い浮かべたのは、このベッドか？」

ますます赤くなってしまう。

「む、無意識だったから」

「期待には添わないとな」

「え…？」

意味が分からずぼうっとしていると、滝の唇が近づいてくる。唇が重なった瞬間、頭の中がスパークした。

滝にキスされると、いつも身体に震えが走る。熱に呑《の》みこまれ、まわりのすべてが吹き飛んでしまう。

てしまった。

もっと深くしてほしくて、彼の背に腕をまわしてしがみつく。だが次の瞬間、彼は唇を離し

「滝さん…？」

「久しぶりだから油断したな」

「え？」

佐倉は目を瞬き、ようやく異変に気がついた。

「こ、ここは…」

「前にも来たところだ」

首をめぐらすと、確かに見覚えがあった。夜の闇《やみ》に浮かぶ、恐竜の骨のようなレール。あれはジェットコースターだ。

つまり、彼らは再び夜の遊園地に飛んできたのである。

「ご、ごめん、俺また…」

「やっぱり力が復活したか」

「う…」

襲われたショックで飛んでしまったのは、子供の頃、車に轢かれそうになった時と同じだと思う。いわゆる自己防衛本能による『緊急避難』だ。でも、滝とキスしたら飛ぶ、という現象までよみがえってしまうとは。

滝は前と同じに冷静だった。佐倉から離れ、素早くまわりを確認している。ほかに人影はなく、捕まえにくる警備員もいないようだ。

「どうしてまた遊園地なんだ？」

「さ、さあ。ひょっとしたら、さっき思い出してたせいかも…」

「両親と来た時のことか？」

佐倉は首を振った。

「訓練中に滝さんと飛んだこと」

滝が思い出したようにふっと笑う。

「夜の遊園地で散歩したな」

「迷子にならないように滝さんが手を引いてくれて、俺、すごく嬉しかった」

「あれは、単なる口実だ。キス以外でもお前に触れたかったからな」

「ほ、ほんとに？」

「これでもお前を怯えさせないように、気を遣ってたんだが」

「滝さん…」

制服姿でほとんど表情を変えない滝は、確かにちょっと怖かった。でも鋭い瞳の内側には、温かくて優しい心がある。

そんな彼を、佐倉はただ信じていればよかったと思う。彼は昔の友人たちとは違う。初めて出会えた、本当に大切な人なのだから。

「ほんとにごめん、滝さん」

「何を謝る？」

「今朝、変な嘘ついてごまかして」

「次に何かあったら、すぐ俺に言えよ」

「うん」

素直に頷いて、彼の表情をうかがう。

「もう怒ってない？」

滝が軽く肩をすくめた。

「お前を怒ってたわけじゃない」

「でも…」

「自分に腹が立ってただけだ」

「どうして…」

「肝心な時に、お前を守れなかった」

驚いてしまう。滝がそんな風に思っていたなんて。

「そんなの、滝さんのせいじゃない」

「力があろうがなかろうが、俺はお前を守りたい。昔、お前を傷つけたような連中からもだ」

揺るぎない彼の瞳が、佐倉を包み込む。あまり表情に表れない彼の思いを、その瞳が伝えてくれる。

胸が熱くなり、佐倉は自分から彼に抱きついた。

「滝さんがいてくれるだけで、俺はすごく救われてるんだ」

毎日、夢じゃないことを確認してしまうほど。

「俺のことで滝さんが責任を感じる必要なんか、ぜんぜんないよ。滝さんは俺の警備員じゃなくて、こ、恋人なんだから」

最後の言葉を口にする時に、思わず頰が熱くなる。滝がかすかに顔をしかめた。

「そういう顔をするな」

「え…?」

「またキスしたくなる」

頰どころか、身体全体が熱くなってしまう。

「こ、ここには誰もいないし、キスしてもいいと思う…」

どぎまぎしながら上目遣いでそう言うと、滝が口元を引き上げた。

「次はどこへ飛んでも知らないぞ」

言葉と共に、彼の唇が下りてくる。

触れ合った瞬間、身体が震えた。全身がとろけるような感覚は、キスのせいなのか、飛ぶ時のものなのかよく分からない。

キスを終わらせたくなかったが、どうしても気になって、そうっと目を開けてみる。

ここはもう遊園地じゃない。どうやら室内のようだ。見覚えのある天井が…。目の前で、滝が面白そうに笑んだ。

「少しはコントロールできるようになったな」

「え…」

改めて見まわせば、ここは滝の寝室だった。どうやら、もとの場所に戻ってきたらしい。

「一瞬でベッドに移動できるのは便利だ」

「こ、これは、わざとじゃなくて…」

「念のために試してみるか」

「試す…？」

意味がよく分からないでいるうちに、服を脱がされていた。彼が覆い被《かぶ》さってきて、佐倉の首筋を露《あら》わにする。

「ここにキスするのはどうだ？」

「あ…」

肌に唇が触れた瞬間、佐倉はびくっと震えた。様子を見るように、滝がしばらく耳の下にキスを繰り返す。

「大丈夫のようだな」

キスを落としながら、唇は首筋から鎖骨へ移動し、胸へ下りていく。

「ここは？」

小さな突起にキスされると、電流のような刺激が駆け抜けた。唇に挟んで舌で転がされ、もう片方にも同じことをされる。

「あ、や…っ」

軽く吸い上げられただけで、そこが硬く尖《とが》ってきてしまう。すると満足したように唇が離れた。次は指の先から肩口のほうまでキスされる。

それから再び下がって脇腹《わきばら》を通り、さらに中心へ。

「ここもキスしてほしそうだな」

すでに硬くなっているものにまでキスされて、佐倉は小さく声をあげた。

「た、滝さん、そこは…っ」

「いいから、じっとしてろ」

根元から先端まで唇が這《は》い、さらに後ろのほうまで触れられる。

「あ、あっ…」

滝は肌に唇を滑らせ、軽くキスしていくだけだ。もっと激しい刺激を欲して身体が疼《うず》くのに、唇はすぐ移動して、足のほうへ下りていってしまう。

「ひっ、ん…っ」

滝はさらにあちこちキスをして、さんざん佐倉を悶《もだ》えさせた。全身が熱くなって噴き出しそうなのに、肝心のものは与えてくれない。

どろどろに溶けていくような感覚がして、どうにかなりそうだった。

「も、やだ、滝さ…っ」

「やっ…」

「飛ぶのは唇にキスした時だけか。教授に言ったら興味を持ちそうだ」

佐倉はもう涙目だった。彼に触れられるのは嬉しいが、こんな風に一方的に、反応を試されるみたいなのはたまらない。

首を振って身体を強《こわ》ばらせていると、ようやく滝の顔が上に戻ってきた。

「悪い。嫌だったか?」

「な、なんか、ただの実験みたいで…」

「ただの実験でこんなことはしない」

滝がじっと佐倉の目を見つめた。

「これから先は、俺にも様子を見ている余裕はない。いいか?」

「滝さんが、いいなら…」

「とりあえず、唇のキスは控えるか」

滝が真面目にそう言って、額にキスを落とした。それから、佐倉の膝を割る。身体を進めてくる彼を、佐倉は両手で受け止めた。

ようやく自分も彼に触れられるのだ。彼と触れ合える悦《よろこ》びの前には、不安も何も意味をなさない。彼が侵入を開始すると、ほかのことは頭の中から消えてしまった。

滝の腕の中で、佐倉はほっと息をついた。

よかった。まだ彼のベッドにいるし、どこにも飛んでいない。飛んでいたのは、佐倉の意識だけだったらしい。

そっと顔をめぐらせて、彼の様子をうかがう。自分は快感を与えてもらったが、滝はどうだったのだろう。ちゃんと気持ちよくなれたのだろうか。

「あの、ごめん、滝さん」

「何が?」

「また、変な気を遣わせて…」

滝が口の中で笑う。

「俺はけっこう楽しめたが」

自分の痴態を思い出し、佐倉は彼の胸で顔を隠した。身体中に彼の感触がある。実験みたいで嫌だと言ったが、本当は感じすぎて怖かったのだ。

あのまま続けられたら、自分がどうなってしまうか分からない。それにやっぱり、滝と抱き合えたほうがいい。

でもある意味、唇にキスした時以外は飛ばない、と分かったのは進歩といえるだろう。さすがに裸のままどこかへ飛んでしまうのは、心臓に悪いから。

とはいえ、彼とキスできないのはつらい。この先、ずっとこのままなのだろうか。

必要のない時にまで『力』が発動してしまうのは、どうしてなのだろう。キスすること自体が目的になれば、もう飛ばないと思ったのに。

気落ちした佐倉の気持ちを感じとったように、滝が髪を撫でてくれた。

「訓練次第で力を使ったり遮断したりできる、と教授も言ってただろう。そのうちもっとコントロールできるようになる」

「そうかな…」

「とりあえず、お前は今日から俺の家に泊まれ」

「え？」

心臓が跳ね上がり、思わず上半身を起き上がらせていた。

「そ、それって、ここで訓練するとかそういう…？」

滝がぶっと吹き出した。

「俺はそれでもいいが」

変な誤解をしたことに気づいて赤くなる。

「違うならなんで…？」

滝の顔から笑いが消えた。

「お前は襲われたんだぞ。そいつがまた襲ってくるかもしれないし、権田という記者のこともある」

「…あの人と関係あると思う？」

「かなり怪しいな。だが目的が分からない以上、用心に越したことはない」

「そうだけど…」

「いくら力があっても、ふいをつかれたら、うまく飛べるかどうか分からないだろう。これからしばらくは、俺と一緒に行動しろ」

「で、でも、迷惑じゃ…」

滝が鋭い目で睨《にら》む。

「まだ俺を信用できないのか？」

佐倉は慌てて首を振った。

今回の件で、滝の警備員魂に火がついてしまったのだろうか。彼をボディーガード代わりにするなんて気が引けるのだが、とても断れない雰囲気である。

「あの、じゃあ、お世話になります…」

「よし」

滝は表情をゆるめ、佐倉を抱き寄せてくれた。

「必要なものは、明日取りにいけばいい。今夜のところはキスなしだ。ゆっくり休め」

「うん…」

彼の胸に顔を戻しながら、つい唇に目がいった。

キスなしと言われると、余計にキスしたくなってしまう。もう危機は去ったのだから、早くまた力がなくなってほしい。

それとも、まだ危機は去っていないのだろうか。

不安を覚えつつも、彼の傍にいられることがちょっと嬉しかった。これは普通の同居ではなく、いわゆる保護拘置みたいな状態なのに。

滝がいれば、何も怖くないと思える。でも彼に守られるだけでは駄目だ。彼に心配かけないように、もっとしっかりしなければ。

とはいえ、眠りに落ちる寸前に考えたのは、襲われたことでも復活した力のことでもなく、こんなことだった。

明日はちゃんと滝に『おはよう』と言おう。朝起きたら、すぐに。

「今日も早いね、佐倉くん」

「おはようございます」

佐倉は上機嫌で波多野教授に挨拶した。

滝と同居を始めてから四日。特に何事もなく、平和な日が続いていた。朝は滝と一緒に起きる。出勤時間も滝に合わせ、一緒に家を出た。

ビルに着いたら、滝は警備員室に向かい、佐倉は五階へ上がる。佐倉にとっては早朝出勤になるのだが、人が来ないうちに資料整理をするのにちょうどいい。

帰りは、滝の勤務が終わるのを待って二人で退社。佐倉が遅くなる時は、彼が待っていてくれる。

今まで彼の家に泊まる時、夕飯は外で食べることが多かった。滝はあまり家で料理をしないらしく、冷蔵庫には飲み物くらいしかないからだ。

でも昨日は帰り道で食材を買い、滝の家で佐倉が作った。一人暮らしを始めてから自炊していたので、割と料理は得意なのである。滝がうまいと言ってくれて、天にも昇る心地になれた。

『おはよう』も『おやすみ』も毎日言って、仕事の行き帰りも一緒なのだ。彼を独《ひと》り占めしているような気がする。

さっきも『またあとで』と言って別れたばかりだ。あとで、また彼に会える。そんな約束が、嬉しくてたまらない。

「その後、どうだい?」

波多野の質問に、佐倉は浮かれた気分のまま答えていた。

「順調です」

「また何か、危険な目にはあってないいんだね?」

佐倉は慌てて顔を引き締め、答え直した。

「大丈夫です。滝さんもいてくれますし」

波多野には襲われた件を話してある。隠しておくのは無理だし、滝にも報告しておけと言われたのだ。その結果として、力が復活したことも。

波多野は佐倉の身を案じ、警察に届けようと言ったが、佐倉は大袈裟《おおげさ》にしたくなかった。襲った相手のことは何も分からないし、無事に逃げられた理由もうまく説明できない。

結局、これからは滝が送り迎えしてくれる、ということで波多野も納得した。

滝が佐倉の『護衛』をしてくれている、ということを忘れてはいけない。新婚気分で浮かれている場合ではないだろう。その後は何もなかったので、つい気がゆるんでしまった。

「あの権田という記者のほうは、何か言ってきたかい?」

「いえ、あれきりです。もう興味をなくしたのかも」

「そうだといいんだが」

波多野は考えるように腕を組んだ。

「一度、会ってみたほうがいいかもしれんな」

「教授が権田にですか？」

「私が直接会えば、何か分かるだろう」

波多野は相手の感情を読み取り、嘘を見抜ける。質問の仕方によっては、真実を探り出すことができるのだ。

「滝さんは、俺が襲われたことと何か関係があると疑ってました」

「彼の洞察力はたいしたものだ。権田のことは、彼にも相談したほうがいいね」

「はい」

波多野が滝を認めてくれていることが嬉しかった。男同士だということも、偏見なく接してくれる。波多野になら、切実に知りたいことを聞けるかもしれない。

「あのう、教授…」

「なんだね？」

「力を遮断するには、どうすればいいんでしょう？」

波多野がにっこりした。

「キスしても飛ばないようにする方法のことかな？」

はっきり言われてしまい、うっと詰まってしまう。

「危機的状況で、反射的に飛んでしまうのは分かるんです。でも、必要もないのに勝手に飛んでしまうのは…」

「君の場合、力を使うにはある種の条件が必要なようだね」

「それがキスっていうのは、どうなんでしょう…」

「一人で飛べるか試してみたかね？」

「力が復活してから、一応はやってみました。でもどんなに念じても、やっぱり俺一人では飛べないみたいで…」

「ふむ、実に興味深い」

波多野がうんうんと頷く。

「今度こそ滝くんと一緒に検査を受けてくれたまえ」

「う…」

もともと超能力に興味がない彼に、そういう頼みをするのは気が引ける。ただでさえ、迷惑をかけているのに。

「まあ、今は、この件を解決するのが先だね」

「あれは通り魔的な犯行だったんじゃないでしょうか。たまたま運の悪い場所にいただけだったのかも」

襲われる心当たりもないし、その後は何もない。滝は権田が怪しいと言うが、記者がなんのために佐倉を襲うのか。

やっぱり偶然だった気がする。滝と一緒にいられるのが嬉しいからといって、いつまでも彼に『ボディーガード』を続けてもらうことはできないだろう。

彼には彼の生活があるのだから。

「そろそろ滝さんに付いていてもらわなくてもいいかと思うんですが」

「結論を出すのは早いよ、佐倉くん」

波多野が真面目《まじめ》な顔で肩に手を置く。

「私には予知能力はないが、今は慎重に行動しなさい。いいね」

「はい…」

こういう時の波多野の言葉には重みがある。何しろ彼は実際に犯罪捜査に加わったこともあるのだから。

「これを機に、滝くんと本格的に同居したらどうかね?」

いきなり犯罪捜査とは関係ないことを言われ、佐倉はぎょっとした。

「それは、どういう…」

「最近の君の幸せオーラは強烈だからね。災い転じて、ということもあるじゃないか」

ぽっと赤くなってしまう。

「変なこと言わないでください！」

「変なことじゃないぞ。日本では同性同士で結婚できないが、海外ならもうさほど珍しいことじゃない」

「お、俺と滝さんはまだそんな…」

さっきまで真剣な話をしていたのに、いつのまに結婚などという話になったのだろう。

「今回の同居は緊急避難で、滝さんの本意じゃないんですから」

「そのことを彼に聞いてみたかい？」

「聞かなくても分かります。滝さんは警備員だし、元警官だし、襲われたりした俺を放っておけないだけで」

「ふむ、結婚にはまだ早いと思うわけだね」

「だ、だから、結婚とか言うのやめてください」

「私とキャサリンが結婚したのは、出会ってから一ヶ月だよ。運命の人に出会えたら、逃がさないようにすることだ。一度失ったら、二度と取り戻せないのだから」

波多野がふと遠い目をする。キャサリンというのは、別れてしまった奥さんのことだ。きっと彼女のことを思い出しているのだろう。そのあと再婚もせず、研究一筋の波多野は、まだ彼女のことを想っているのかもしれない。

「教授だって、きっとまたそういう人に出会えます」

励ますようにそう言うと、波多野が微笑《ほほえ》んだ。

「君はもう出会ってるんだから、失敗を恐れないことだ。彼と自分を信じたまえ」

軽く肩をたたかれ、気がつけば逆に励まされていた。

自分が新婚気分でいることを見抜かれたようで、参ってしまう。テレパスとはいえ、そんなに気持ちがダダ漏れなのだろうか。

勘の鋭い滝にもバレてるかと思うと、恥ずかしくて死にそうだ。佐倉がずっと一緒にいて、彼を独り占めしているということは、彼を束縛しているのと同じことである。

佐倉を守るために、滝は自分の私生活を犠牲にしているのだ。ほかにもやりたいことがあるかもしれないのに。

やっぱりそろそろ、もう心配ないから護衛はいらないと言おう。

でも、あともう少しだけ。週末は以前も泊まっていたのだから、次の日曜までは一緒にいたい。月曜から家に戻ることにしたらどうだろう。一週間ぐらいなら、彼の迷惑にならないのではないだろうか。

ぐるぐる考えている時に、佐倉の携帯電話が鳴った。相手は知らない番号だ。訝《いぶか》しく思いながらも、とりあえず電話に出る。

「はい」

「やあ、佐倉祐希くん。俺を覚えてるか？」

ぎくっとした。この声には聞き覚えがある。

「あなたはこの前の…」

「権田だよ、名刺を渡しただろう」

「どうしてこの番号を…」

「商売柄、いろいろツテがあってね。どうしても君に話したいことがあるんだ」

「俺には話すことなどありません」

すぐ切ろうと思ったが、次の言葉で動きが止まる。

「君が月曜の夜にテレポーテーションした話だよ。見せたいものもある」

ごくりと唾《つば》を呑み込んでしまう。あの時、まわりには誰もいなかった。滝と波多野のほかに知っているのは、バットを持った襲撃者だけである。

「あれはあなたが…」

「半信半疑だったが、ほんとに消えるとはね。あれにはマジで驚いた」

つまり、佐倉の『力』を試したということなのだろう。まんまと罠《わな》にはまったのだ。

「シラを切っても無駄だと分かっただろ。俺の話を聞いたほうがいいと思うぜ。前にも言ったが、言う通りにすれば、悪いようにはしない」

携帯電話を握りしめ、佐倉は考えた。権田に飛ぶところを目撃されてしまったとしても、ほかに証人はいない。

波多野の言う通り、いくら彼が見たと主張したところで、誰も信じないだろう。

権田がそこまでする理由はなんなのか。前は用件も聞かずに逃げ出してしまったが、目的が分かれば対処の仕方も分かるかもしれない。

「分かりました」

佐倉はなるべく落ち着いた声を出した。

「話を聞きましょう。どこで会いますか?」

「そうだな、駅前の喫茶店にしよう」

権田が店名と時間を指定する。

「あんた一人で来い。用心棒は連れて来るなよ」

最後にそう言って、電話は切れた。

用心棒…佐倉が滝と一緒にいるところを、どこかで見ていたのだろうか。だからわざわざ電話番号を調べたのかもしれない。佐倉を一人で来させるために。

一瞬、佐倉は迷った。滝に話すべきだろうか。あれだけ心配してくれた滝のことだ。佐倉が一人で会うことなど許さないだろう。でも権田は一人で来いと言った。滝がいれば話がこじれるかもしれない。

会う場所は普通の喫茶店だし、まわりに人もいる。おかしな真似《まね》をするつもりなら、もっと人気のない場所にするはずだ。

まずは話を聞いて、権田の目的を探り出そう。滝に報告するのはそれからだ。

何かあるたびに、彼に頼っているわけにはいかない。これは自分の問題なのだから、自分で対処しなければ。

その昔、まわりに中傷されても、両親が別れることになっても、佐倉は何もできなかった。

自分はもう、怯えて縮こまっていた子供ではない。いつまでも人を怖がって、逃げまわるのはやめるのだ。

滝や波多野がいてくれると思えば、勇気が出せる。今度こそ、自分の力と向き合うために。


権田《ごんだ》は先に着いていて、奥まった席に座っていた。

研究所はこっそり抜けてきた。波多野《はたの》に何か言えば、すぐに嘘だと分かってしまう。さらに滝の目を避けて、裏の搬入口からビルを出た。

彼の鋭い目に見とがめられたら、うまくごまかせそうにない。彼の勘はテレパス並なのだから。二人を騙《だま》すようで気が引けるが、仕方ないだろう。ただでさえ、佐倉《さくら》は隠し事をするのが苦手なのだ。

佐倉は一つ息をつき、権田のところに向かった。

「やあ、よく来たね」

権田は気さくに手を振り、前の椅子《いす》を指し示した。

「まあ座れよ。コーヒーでいいか？」

「はい」

「じゃあ、コーヒーを」

佐倉が前の席に座ると、権田がウェートレスに注文した。そのあとは何も言わず、佐倉をじろじろ観察している。

宇宙人でも見るような視線は、過去に経験済みだ。佐倉は平静を装い、自分も沈黙を守った。

コーヒーはすぐにきて、カップが佐倉の前に置かれる。ウェートレスが向こうへ行ってから、ようやく権田が口を開いた。

「こうして見ると、普通だな」

「…普通の人間ですから」

権田はにやっとした。

「実際に目の前で見ても信じられなかったぜ。あんなことができる人間がいるとはなあ。映画かドラマの中だけの話かと思ってたよ」

テーブルの下で佐倉は拳《こぶし》を握りしめた。冷静に、論理的に話さなければ。

「目的はなんですか?」

「そりゃもちろん、あんたの超能力を確かめることだ」

「確かめて、どうするつもりなんです?」

権田が楽しそうに唇を引き上げる。

「どうすると思う?」

「記事にしたところで、超能力なんて誰も信じないでしょう。それこそ映画かドラマみたいな話なんですから」

「それがそうでもないんだな。見せたいものがあると言ったろ」

権田が自分のスマートフォンを取り出し、素早く操作した。佐倉に見えるように、こちらに画面を向けてみせる。

それは、何かの動画だった。画面は暗いが、映っているものはきちんと見える。夜道を誰かが歩いてきて、その背後にフードをかぶってバットを持った男の姿が…。

佐倉はぎょっとした。これは、あの夜の自分だ。男に突き飛ばされ、道路に倒れたところでバットが振り下ろされる。

次の瞬間、佐倉の姿は消えていた。地面をたたいたバットが、反動で跳ね上がる。フードの男が振り向き、笑ったのが分かる。おそらく、これを映しているカメラに向かって。

「夜なのによく撮れてるだろう。これはコピーだが、オリジナルはもっと鮮明だぜ。いいカメラを使ったからな」

　スマートフォンをポケットにしまい、楽しそうに言う。

「あの日はあんたの帰りが遅かったから、ちょっと心配したよ。ちょうどカメラを設置した場所でやらないと意味がないし。男のところに泊まらないでよかったぜ」

「男って…」

「あんたに会ってから、いろいろと調べさせてもらった。あの警備員と付き合ってたんだな。ゲイの超能力者なんて、なかなかセンセーショナルじゃないか」

　怖がらないと決めたのに、びくっと身体《からだ》が震えてしまう。

　こんな証拠映像を撮られていたなんて。これでは、ごまかし通すこともできない。しかも、滝のことまで知られてしまった。

　心配していた通り、彼を巻き込んだのだ。自分のせいで。

「どうして俺のことを…」

　権田は煙草《たばこ》を取り出し、ゆっくり火をつけた。

「三ヶ月前の話だ。俺はその頃、とある記事のために埋め立て地の倉庫街を調べててね。すると突然、海岸近くに二人の人間が出現したんだ。思わず目を疑ったよ。まわりには何もないところだし、車で来た様子もない。空から降ってきたかと思ったね」

　権田が佐倉の『力』を知ったのは、あの爆弾事件の時だったのか。飛んだところを目撃されていたのだ。

「片方の男が何かを投げると、海に巨大な水柱が上がった。そのあともう片方に何かあったらしく、担がれて去っていったが、その時はわけが分からなかったよ。遠目だったし、目の錯覚かとも思ったな。ところがあとで爆弾事件のことを知った。ビルの警備員が爆弾を処理して、事なきを得たっていう話だ」

煙を吐き出し、にやっとする。

「俺が見たことと何かつながりがあるとピンときたよ。調べ始めたら、瞬間移動した超能力少年のことが書かれた昔の記事を見つけた。するとその少年が、あの事件のビルにいるじゃないか。嘘みたいな話だが、確認せずにはいられなくなってね。話しかけたらあんたは逃げるし、ますます興味がわいた。少々乱暴な方法だったが、こうでもしないとあんたは認めないだろう」

「…昔の記事を見たのなら、そのあとのことも知ってるんでしょう」

「ああ、あの時は超能力を証明できなくて、インチキ呼ばわりされたみたいだな。今回は証拠もあるし、本物だって世間に知らしめてやろうか？」

佐倉は大きく首を振った。

「俺のことは、黙っていてくれませんか」

「どうしてだ。テレビやネットで有名人になれるぜ」

「騒がれるのは嫌なんです。それに、この力はうまくコントロールできなくて…」

「爆弾を海岸に運んだんじゃないのか？」

「あの時はたまたまで…、いつもはどこへ飛ぶか分からないし」

「いつも？　そんなに飛んでるわけか」

　ぐっと言葉に詰まる。これ以上、余計なことを知られてはいけない。

「お願いします、記事にしないでください。騒ぎになったら、俺のまわりの人にも迷惑がかかるんです」

　頭をさげて必死に頼むと、権田が何かをポケットから出した。

「そうそう、あの超心理学研究所っていうのは面白いな。あそこにいる連中もみんな超能力者なのか？　いろいろ面白いネタが転がっていそうだ」

　バラバラとテーブルに置かれたのは、写真だった。映っているのは、研究所のメンバーだ。波多野もいるし、先輩所員の遠藤《えんどう》もいる。ビルから出てくるところを隠し撮りされたのだろう。

　さらに、滝の部屋から出てくる佐倉と彼の姿も。おそらく、ずっと監視されていたに違いない。脳天気に新婚気分でいた自分に腹がたつ。これでは、滝にも研究所のメンバーにも害が及んでしまう。

「こんなことまで調べて、どうするつもりなんですか？」

「それはあんた次第だ」

佐倉はぐっと唇を嚙《か》みしめ、権田の顔を見つめた。

「俺のことは、どんな風に書かれてもかまいません。でも、ほかの人を巻き込むのはやめてください」

「そう悲愴《ひそう》な顔をするなよ。悪いようにはしないと言ったろ。あんたが俺の言う通りにすればな」

「…何をすればいいんですか？」

「ちょっと仕事を頼まれてくれ」

「仕事？」

佐倉はぽかんとした。取材を受けろというならともかく、ほかに何を頼むというのだろう。

「どんな仕事ですか？」

「あんたに取ってきてほしいものがある。それは普通の人間には入りづらい場所にあってね。でもあんたには簡単なことだろう」

「え…」

言われた意味を考え、愕然《がくぜん》とした。

「俺に何かを盗めということですか？」

「人聞きの悪いことを言うな。それはもともと俺のもので、返してもらうだけだ。あんただってその力でいろいろやってるんだろう。まったく羨《うらや》ましいぜ。俺にもそんな力があれば、絶対に捕まらない天下の大泥棒になれるのに」

もはや言葉も出なかった。

この力で天下の大泥棒になる？　考えてみれば、あり得るかもしれない。思い通りの場所に瞬間移動できれば、銀行の金庫室に入ることもできる。札束を抱えてどこかへ飛ぶことも。

波多野はよく、『力』の使い方を間違えてはいけない、と言う。その危険性について聞いたこともある。でも佐倉は、自分の力が悪事に使われることなど、想像もしていなかった。

瞬間移動して盗みをするくらいなら、いかさま師と言われたほうがマシである。第一、現実的に不可能だ。

佐倉は深呼吸して、心を落ち着けた。

「俺の力はコントロールできないと言ったでしょう。特定の場所に侵入することなどできないし、するつもりもありません」

「断らないほうが身のためだ」

権田が目を光らせる。

「騒ぎを起こしたくないんだろう？　なんなら、あの研究所は犯罪者集団だと触れまわってもいいんだぜ」

思わず佐倉はかっとした。

「超心理学は、れっきとした学問です。そんなデタラメ、誰も信じませんよ」

「それはどうかな。超能力者がヒーローになるか、恐ろしい化け物になるかは、書き方次第さ。いくつかの未解決事件と結びつけてもいいし、この前の爆弾事件を蒸し返してもいい。事実はどうあれ、人間は異質なものを排除したがる生き物なんだ。どんなことになっても知らないぜ」

もはや悪意を隠そうともせず、権田が脅しをかけてくる。佐倉が怯《おび》えを見せたから、弱みを握られてしまったのだ。怖がっている相手にこそ、脅迫は有効なのだから。

実際のところ、怖かった。佐倉だけならまだいい。でも自分のせいで、みんながひどい目にあってしまったら……。

過去の超能力騒ぎが脳裏をよぎる。悪意のあるデマ。無責任に広がっていく噂。それを簡単に信じてしまうまわりの人たち。

どうしよう。いったいどうすれば……。

焦燥する頭の中に、滝の顔が浮かんだ。『俺を信じられないか？』と言った時の彼の目。彼のことは信じられる。たとえ何があっても。

でも彼は正義感が強く、犯罪を許さない。もし佐倉が力を犯罪に使ったりしたら、彼を裏切ることになってしまう。

波多野もそうだ。ほかの何より、力の悪用が彼を悲しませるに違いない。実際にできるかどうかは別問題だ。

一瞬、瞑目《めいもく》してから、佐倉は権田の目をまっすぐに見た。

「何を言われても、俺にはできません」

「まだコントロールがどうこう言うつもりか？」

「たとえ可能だとしても、やらないと言ってるんです」

はっきり断言すると、権田が唇を歪《ゆが》ませた。

「どうなってもいいんだな」

「何があっても、この気持ちは変わりませんから」

「ずいぶんと強気じゃないか」

せせら笑うと同時に、テーブルにあったコーヒーカップを持ち上げ、いきなり中身を佐倉にぶちまけた。

「熱っ…」

まだ熱いコーヒーが顔から首筋にかかり、佐倉は飛び上がりそうになった。

「ふん、この程度じゃ移動しないか」

「え…」

事態を見て取ったウェートレスが、慌てておしぼりを持って飛んできた。

「お客様、大丈夫ですか？」

「あ、はい、大丈夫です」

おしぼりを受け取って顔を拭《ふ》いていると、権田が立ち上がった。

「次はこれくらいじゃすまないぜ。少し時間をやるから、俺の言ったことをよく考えろ」

捨て台詞を吐いて、悠然と店を出て行く。残された佐倉はまわりの視線にさらされつつも、なんとか平静を装って、おしぼりをウェートレスに返した。

「あの、これ、ありがとうございました」

ウェートレスはまだ若い女性で、同情的な眼差《まなざ》しを佐倉に向けた。

「ひどいですね、いくら喧嘩《けんか》したからってコーヒーかけるなんて」

「ご迷惑をおかけしてすみません」

「いえ、元気出してください」

にっこり笑ってそう言うと、カップを片付け、テーブルを拭いてくれる。ゲイの男同士の痴話喧嘩にでも見えたのだろうか。

むしろそう思われていたほうがいい。もしさっき、佐倉が『飛んで』しまったら、彼女やまわりの客に目撃されていた。

権田の狙《ねら》いはそれだったのだろう。次はもっと、危ないことを仕掛ける気かも知れない。衆人環視の中で、佐倉の力を見せるために。

佐倉は支払いをして帰ろうと、テーブルに置かれたままのレシートに手を伸ばした。その手を見ると、震えている。どうやら、なけなしの勇気が切れてきたようだった。

ビルに戻った佐倉は、すぐ滝に見つかった。確かに彼は入口にいることが多いが、今日は待ち構えていたらしい。

佐倉の腕を取り、隅のほうへ連れて行かれる。

「その服はどうした?」

「えっと…」

自分の茶色くなったシャツを見下ろす。

「コーヒーかけられて…」

「そんなことは分かってる。何があった?」

佐倉はごくっと唾《つば》を呑《の》み込み、滝の顔を見上げた。

「権田に会ってきた」

彼の目が鋭さを増す。

「どうして一人で行った?」

「一人で来いと言われたんだ。まずは用件を聞いて目的を探ろうと思って」

「それで目的は分かったのか?」

「そのことで、教授に話さなきゃならないことがあるんだ。仕事のあとで、滝さんにもちゃんと話すから」

滝がじろっと佐倉を睨《にら》み、腕をつかんだままエレベーターへ向かった。

「滝さん？」

「波多野教授から、お前の姿が見えないと連絡があった」

「え…」

「お前を見つけて送り届けるのも俺の仕事だ」

連行されるような格好でエレベーターに連れ込まれ、五階へ向かった。狭い箱の中は二人きりだったが、滝は目を前方に向けたままで何も言わない。

帽子の下から見えるのは、いつもと変わらない警備員の顔である。話しかけていいのかどうかも分からない。結局、五階に着くまで佐倉も口を開けなかった。

エレベーターを下り、そのまま二人で研究所に入る。すると、すぐに気づいた波多野が飛んできた。

「よかった、黙っていなくなるから心配したよ」

勢いのままに、ぎゅっと抱きしめられてしまう。波多野はアメリカ帰りだが、それほどハグなどするタイプではないのに。

話すことはできなくても、伝言ぐらいは残しておくべきだったかもしれない。勝手な行動を取ったせいで、余計な心配をかけてしまった。

「すみません」

素直に謝ると、ぽんぽんと背中をたたいて、波多野が身体を離した。そこでコーヒーの染みに初めて気づいたようで、顔をしかめる。

「ああ、派手にやったね。その服はすぐ洗ったほうがいい」

「これは権田に…」

波多野が眉《まゆ》を引き上げる。

「彼に会ったのかい？」

「はい。電話があって、一人で来いと言われて…」

「どうしてすぐ言わないんだね。彼と話すなら、私がこっそり傍《そば》で会話を聞くこともできたのに」

「でも権田はこの研究所を調べていて、教授のことも知ってます。近くにいたらバレてたと思うので…」

「ふむ、なるほど」

波多野が促し、ソファがあるスペースへ向かう。前のソファはボロボロになってしまったので、波多野は新しくソファセットを買った。

今度は彼が寝るだけではなく、ちゃんとお客も座れるように、三人掛けと二人掛けが向かい合っている。二人掛けのほうに座った波多野が、まず口を開いた。

「では彼が何を話したか聞かせてくれ」

「はい」

佐倉が三人掛けのほうに座ると、滝が帽子を脱いで横に座った。

「滝さん、仕事は…」

「ビル内の安全に関わることは、俺の仕事だ」

滝はそう言って腕を組み、聞く態勢に入っている。口調は淡々としているが、さすがに機嫌の悪さが感じられた。

やっぱり、黙ってこっそり裏口から出ていったのはまずかったと思う。波多野が連絡してしまうとは思わなかったから、見つからないうちに帰ってくるつもりだったのだ。心配かけたくなかったのに、完全に裏目に出てしまった。

「滝さんにも謝るよ。心配かけてごめん」

「いいから、権田のことを話せ」

「う、うん」

あいかわらずの無表情だが、いつもより目が怖い。これは絶対、怒っている。今度は間違いなく、佐倉に対しての怒りだろう。

びくびく彼の顔をうかがいつつ、佐倉は話した。権田が佐倉のことを知った経緯。過去の記事と爆弾事件を結びつけ、佐倉を襲って力を試し、現場をカメラで撮られたこと。研究所のメンバーや滝のことまで盗み撮りされた写真。

それから、騒ぎを起こさない代わりに要求されたことを。

「どこに侵入して何を取ってくるかまでは言いませんでしたが、犯罪に関わることは確かだと思います。この力があれば大泥棒になれるとか言ってましたし」

そこまで話した時、波多野がいきなり立ち上がった。

「まったく、けしからん！　佐倉くんの力を盗みに利用しようとは！」

佐倉はびっくりしてしまった。波多野がそんな風に怒るところを初めて見た。ソファの前を行ったり来たりしながら、腕を振りまわす。

「こういう連中がいるから、多くの者が苦しむことになる。古来からある種の能力を持つ者は、崇拝されるのと同様に迫害もされてきた。自ら犯罪の道を選ぶ者も確かにいるが、ほとんどは環境や状況がそうさせるもので…」

そこではたっと気づいたように、腕を下ろす。

「すまん、つい興奮してしまった。前にもいろいろあったものでな」

すとんと腰を下ろし、咳払《せきばら》いする。

「それで、佐倉くんはどうするつもりだね」

佐倉は少し笑った。

「やりたくても、そんなピンポイントで移動するなんて俺にはできません。たとえ可能だとしても、やるつもりはないと返事してしまいました。そうしたらコーヒーをかけられて」

「なんだ、まったく大人げない」

「いえ、その拍子に俺が飛ぶことを期待したんだと思います。人前で瞬間移動させて、騒ぎを大きくする気でしょう。次はこれくらいじゃすまないと脅されました」

小さく溜息《ためいき》をつく。

「次に何かされた時、飛んだりしないで普通に殴られれば、彼のほうの立場が悪くなるんですけど。力の制御さえできれば…」

「馬鹿なことを言うのはよしたまえ」

波多野がぴしゃりと言う。

「そういう点では、君自身で制御できないほうが安全なのかもしれんな。あんな男のために、君の身を危険にさらすことなど論外だ」

「でも、権田はこの研究所のことも騒ぎに巻き込むつもりです。悪質なデマや噂を流されて、みんなに迷惑がかかるかも。最悪の事態を避けるためなら、俺はここを辞めることになってもかまいません。でも、この力を悪用することだけはできなくて…」

波多野が慈愛に満ちた顔で微笑《ほほえ》んだ。

「私は佐倉くんを誇りに思うよ。そういう君だからこそ、君にはここにいてほしい。大丈夫、

研究所のことは心配いらない。そんな卑劣な奴に負ける気はないからね」

「教授…」

感動してしまう。誇りに思うなんて、初めて言われた言葉だ。でも不安は拭《ぬぐ》えない。負けないとはいっても、どうやって研究所を守ればいいのだろう。

一番いいのは、自分が遠くに離れることのような気がする。佐倉という『証拠』がなくなれば、何をどう言ったところで、ただの絵空事になるのだから。

するとそこで、それまで沈黙していた滝が口を開いた。

「俺なりに権田のことを調べてみました」

波多野が彼に目を向ける。

「それで、何か分かったかい？」

「評判はよくないですね。ゴシップ記事が専門で、つかんだネタで当事者を強請《ゆす》るような真似《まね》をしているようです。被害者が口を閉じているので表沙汰《おもてざた》にはなってませんが、まともな出版社は相手にしないでしょう。ただ、今はネットがありますし、証拠映像があれば騒ぎは起こせるかもしれません」

佐倉はぎゅっと唇を嚙《か》みしめた。

「考えたんですが、俺がここを離れてどこか遠くへ行くのはどうでしょう。俺がいなければ権田も次の手が打てないし、何か言われても、研究所と俺は関係ないことにしてもらえれば…」

滝が顔を振り向けた。

「早まるな。今はどんな映像も簡単に加工できる。テレポーテーションした映像くらい、ネット上に溢《あふ》れてるだろう」

「でも…」

「だいたい、遠くへ行くってどこへ行くつもりだ」

「分からないけど、あまり人のいないとことか…」

「一生、逃げ隠れして暮らすつもりか？」

「それは…」

言葉に詰まってしまう。確かにそうだ。いったんは危機を回避できても、いつまで逃げ続ければいいのだろう。

権田が諦《あきら》めるまで？

子供の時は、たまたま名字が変わって引っ越したため、騒ぎから逃れられた。でもその後、サッカー部の仲間にも同級生たちにも心を開けず、まわりから距離をおくようになってしまった。

また同じような暮らしをするつもりだったのか。せっかく心を許せる人に出会えたのに。

「権田にも、隠し撮りの映像だけじゃ信憑《しんぴょう》性が薄いのは分かってるだろう。だから弱点を狙ってくる。つまり、お前だ」

「お、俺？」

「お前が下手《へた》に動けば、余計に事態を悪くする。そのことを自覚しろ」

「ご、ごめん…」

意気消沈した佐倉をかばうように、波多野が口を挟んだ。

「ともかく、佐倉くんのおかげで権田が何をつかんでるか分かったし、その目的も分かった。

ほかには何か言ってたかね？」

佐倉は一つ息を吐き、言われたことを思い起こした。

「この研究所を犯罪と結びつけるとか言ってました。この前の爆弾事件や、ほかの事件との関係をでっちあげるつもりかと」

「その脅しはさほど有効じゃないね。証拠がなければ、ただの中傷にすぎん」

「でも、そういう中傷を信じる人たちは多いんです」

「大丈夫、こちらでも手は打つよ。それより、君のほうが心配だ。権田はきっとまた何かしてくるに違いない」

波多野が滝に向かって頷いてみせる。

「事態が収拾するまで、佐倉くんを頼めるかい？」

「…彼が俺のところでいいのなら」

淡々とそう答える滝に、戸惑ってしまう。

「それってどういう…」

「もう居場所は権田に知られているようだし、このままでいいのかということだ。俺のところが嫌なら、別の安全な場所を手配するが」

「嫌なわけない。だって俺…」

「それなら、帰りに迎えにくる。出かける時は誰かを同行して、なるべく一人にはならないように。予定が変わったら連絡を」

ビジネスライクな調子で言って、立ち上がる。

「では俺はこれで」

「滝さ…」

「失礼します」

それ以上は何も言わずに帽子をかぶり、彼が出ていってしまう。佐倉はちょっと呆然《ぼうぜん》とした。

彼の態度はまるで、赤の他人に対するようだ。

本当にただのボディーガードと依頼人みたいに。

「教授…」

「なんだね?」

「滝さん、かなり怒ってますよね…?」

波多野は微妙な表情で首を振った。

「だから言っただろう。大事な人に隠し事はするなって」

「でも、これは俺の問題だし、今度は逃げないで自分で対処したかったんです。滝さんに頼ってばかりじゃ駄目だと思って…」

「そういう君の気持ちを、ちゃんと言葉で伝えることだよ。彼の勘は鋭いが、心を読むことはできないんだからね」

「はい…」

後悔先に立たずとは、このことである。

滝は佐倉の安全を第一に考え、本気で守ろうとしてくれていたのに。まずは彼に相談し、自分が何をしたいか言うべきだった。

きちんと説明すれば、彼は頭ごなしに反対などしなかっただろう。

彼を本気で怒らせたかと思うと、恐怖で喉《のど》が塞《ふさ》がれるようだ。権田に脅されるより、ずっと恐ろしい。

でも彼は帰りに迎えにきてくれると言った。まだチャンスはある。何度でも謝って、彼に許してもらわなければ。

佐倉はぐっと拳を握って決意を固めていた。

佐倉の悲愴な決意は、ぐらぐら崩れ始めていた。

滝は迎えに来てくれたが、帰り道は少し離れて歩いている。どうやら、前より厳重に警戒しているようだ。仕事のあとでも『警備員』の顔をしている彼には、話しかける隙《すき》がない。

家に着いて二人きりになってから、ようやく佐倉は口を開くことができた。

「滝さん、勝手なことをして、ほんとに悪かったと思ってる。俺が一人で権田に会いに行ったのは、自分にできることをしたかったからで…」

「もういい」

滝は肩をすくめた。

「別にお前は悪いことをしたわけじゃない。俺に謝る必要などないだろう」

「でも、俺のせいで滝さんの写真まで撮られたんだ。迷惑かけることになったら…」

「俺の心配より、自分の心配をしろ。この話は終わりだ」

きっぱりそう言われてしまうと、謝り続けるわけにもいかなかった。しつこく話を蒸し返すのもためらわれ、何も言えなくなってしまう。

その日の夕飯はピザの出前を取り、二人で食べた。滝は普段と変わらないようでいて、やっぱりいつもとは違う。

食事のあとは、『誰が来ても絶対にドアを開けるな』と言い置いて、外へ出て行ってしまった。しばらくして帰ってきたが、何をしていたかは話してくれない。寝る前にも同じことがあり、佐倉は一人で悶々《もんもん》とするしかなかった。

一緒にいるのが気詰まりだから、家を空けているのだろうか。はっきり言われるのも怖くて、理由を聞くことができなかった。

もともと彼はよく話すほうではないし、一緒にいてもべたべたしていたわけではない。でもなんとなく、壁ができてしまったように感じる。

今まで人と深く付き合ってこなかった報いかもしれない。こういう時にどうすればいいか分からなかった。本当の意味での友人もいなかったから、本気で喧嘩《けんか》したこともない。

この歳《とし》になって、仲直りの仕方も知らないなんて。

改めて、今までは佐倉の居心地がいいように、滝が気を遣ってくれていたのだと思う。だから何も考えないで傍にいられたのだ。

今は義務感で家に泊めてくれているが、その必要がなくなったらどうなるのだろう。この家を出たあと、そのまま離れていってしまったら。

超能力で騒がれたり、何か特別な問題が起こらなくても、ほんの少しのことで心はすれ違ってしまうものなのだ。

そんな簡単なことにすら、今まで気づかずにいた。滝に『信じてない』と思わせたことも、彼を怒らせたことも、『力』のせいではなく、自分のせいだ。

もっと滝と一緒にいるための努力をするべきだったのに。

『一度失ったら、二度と取り戻せないのだから』

波多野の言葉が頭に浮かぶ。話しかけようとすると不安がわき上がり、恐怖で舌が縮こまった。これ以上、関係をこじらせたくなくて、結局は口をつぐんでしまう。

夜は一緒のベッドで横になったが、抱き寄せてくれることもなく、自分から傍にいくこともできない。

じっと動かないでいるうちに夜が明け、気がついたらもう滝はいなかった。

慌てて起き出し、キッチンでコーヒーを飲んでいる滝を見つける。なんとか挨拶を言うのが精一杯だった。

「お、おはよう、滝さん」

「ああ」

滝は特に表情を変えず、時計に目を走らせる。

「お前もコーヒーを飲むか？」

佐倉が首を振ると、カップを流しに置いた。

「支度ができたら出るぞ」

「うん…」

いつもと変わらない朝だ。でもやっぱり、いつもと違う。もう新婚気分にはなれず、ただ滝に迷惑をかけているだけのような気がする。

佐倉の護衛なんて、彼の仕事ではないのに。

問題を解決する糸口を見つけられないまま、一緒に出勤した。ビルの入口で別れ、沈んだ気持ちのまま職場へ向かう。

こういう時は、何も考えないようにするのが一番だ。そう思って朝から資料整理に没頭していると、先輩所員の遠藤に声をかけられた。

「佐倉、教授をしらないか？」

「え？」

我に返って時計を見れば、もう昼に近い。そういえば、今日はまだ波多野の姿を見ていなかった。

「おかしいですね、もうとっくに来ている時間なのに」

「電話してみたが、出ないんだよな」

もう一人の所員で、望月《もちづき》という女性も近くに寄ってきた。彼女は波多野と同じテレパスで、人の感情にシンクロする力が強い。

「今日は午後から一緒に出る会議があるのよ。その前に打ち合わせをするはずだったのに、教授が連絡もなしに遅れるなんて変よね」

波多野はのんびりしているように見えて、時間には正確なのだ。ますますおかしい。

佐倉は自分でも電話してみたが、やはりつながらなかった。午前中に何か予定でもあったのかと、波多野のデスクに向かう。

フロアを修繕して改装したが、波多野の占有スペースはあっという間に雑然としてしまった。でも佐倉にはだいたいの法則が分かるので、予定を記した表を見るべく書類を掻《か》き分ける。そこで、はっとした。

電話の横に、名刺がある。佐倉が持っていた権田の名刺だ。確か自分のデスクの引き出しに入れておいたのに、なぜここにあるのだろう。

嫌な予感がした。波多野は『手を打つ』と言っていた。もしかして、権田に連絡して会いに行ったのだろうか。

「何か分かったか？」

横から覗《のぞ》く遠藤の顔を見る。

「まさかとは思うんですが…」

佐倉はざっと経緯を説明した。話を聞いた遠藤が唸《うな》る。

「そりゃあ、あんな教授が怒るよな」

「はい。あんな教授は初めて見ました」

「となると、会いに行った可能性が高いか」

「直接会って、真意を探るために？」

「それもあるが、たぶん自分で話をつけるつもりなんじゃないか？　能力を悪事に利用されるのは、教授がもっとも嫌うことだから」

波多野ならあり得そうなことなので、青くなってしまう。

「でも相手は評判のよくない男なんですよ。何かあったら…」

「そんなに心配しなくても大丈夫だろう。教授ならうまく対処できるだろうし」

「でも…」

佐倉に予知能力はないはずだが、悪い予感は拭えない。すると、その気持ちに呼応したように、佐倉の携帯電話が鳴った。

「噂をしたら教授じゃないか？」

少しほっとしたような遠藤の言葉で、佐倉は急いで電話に出た。だが聞こえてきたのは、波多野の陽気な声ではなかった。

「よう、俺だ」

権田の声である。佐倉の身体が一気に緊張した。

「なんの用です？」

「例の件は考えたか？」

「何度言われても、返事は変わりません」

きっぱり言うと、かすかに笑い声が聞こえた。

「これを見てから、もう一度考えろ」

「え？」

佐倉は首を傾《かし》げた。いまさら『飛んだ』時の映像を見せられても、何も変わらない。だが、送られてきたのは写真だった。

映っているのは波多野だ。口にはガムテープをされ、椅子に縛られた状態で。

「これ…」

息を呑み、隣にいた遠藤に見せる。彼の顔色も変わった。再び権田の声が聞こえてくると、佐倉は急いでスピーカーにした。

「言っとくが、こいつが勝手に押しかけてきたんだ。くだらないことをいろいろ言うから、おとなしくしてもらった」

「どうしてこんなこと…」

「あんたが素直に言うことを聞いてれば、こんな真似をする必要もなかったんだぜ。とんだ手間をかけさせてくれる」

佐倉はぐっと携帯電話を握りしめた。

「教授に危害を加えないでください」

「それはあんた次第だ」

「…何をすればいいんですか？」

「やっとやる気になったか」

「どこかへ侵入するんでしょう？　どこへ入ればいいんです？」

「警察の証拠保管室だ」

「え…」

「事件番号は分かってる。ちょっと保管室の中に入って、その番号がついた証拠品を持ってくればいいだけだ。簡単だろう？」

やっぱり犯罪絡みだったのだ。証拠品を取ってこいということは、権田が犯人だということを示すものなのだろう。

犯罪を隠蔽《いんぺい》するような真似はしたくない。でも、しなければ教授が危ない。佐倉は必死で考えた。とにかく、時間を稼がなければ。

「俺は知っている場所じゃないと、テレポーテーションできません。だから、くわしい場所が分からないと」

「場所は分かってる。情報は送ってやるから、下見でもすればいい」

「下見なんてどうすれば…」

「そんなことは自分で考えろ。お前がぐずぐずしているせいで、状況が切迫してきた。いいか、今日中だ。今日中に証拠品を持って来い。俺は商売柄、警察にツテがあるから、何か動きがあればすぐ分かる。警察に知らせたら、この教授を始末して俺は姿を消す」

「分かりました。言う通りにするので、絶対に教授には手を出さないでください」

「無事な姿を見たかったら、急いでやれよ。そうしないと、二度と会えなくなるかもしれないぜ」

脅しの言葉を残して、電話は切れた。

しばらくは口をきけなかった。まさか、波多野が誘拐されることになるなんて。彼は相手の悪意を感じ取れるのだから、何かされる前に逃げられるはずなのに。

「いったいどうしたの？　さっきからひどく不穏な気を感じるんだけど」

望月が傍にやってきて、携帯の写真に目を留《と》める。たちまちその目が吊《つ》り上がった。

「これはどういうこと？」

遠藤がざっと説明する間、佐倉は新たに送られてきた情報を見た。警察署の場所。その地下にある証拠保管室。事件番号。

ここまで分かっていれば、確かに取ってくることはできるかもしれない。ちゃんと保管室に入れさえすれば。

「権田にはできるみたいに言いましたが、いくら場所が分かってても、そこにきっちり瞬間移動するなんて俺には無理です。でもやらないと教授が…」

「落ち着きなさい」

望月がぴしゃりと言う。

「一度言いなりになったら、何度もつけこまれるわよ。弱みを握って沈黙させられると踏んで、誘拐なんて大胆な手を使ったんだわ。ここは警察に任せるべきよ」

遠藤がすぐ反論した。

「もし権田にバレたら、教授は殺されるんだぞ」

「警察はプロなんだし、ツテがあるなんてハッタリかもしれないじゃない」

「そんなの分からないだろう。危険は冒せないんだ」

「じゃあ、どうすればいいのよ」

「だから、それを考えてるんだろ」

二人のやりとり聞いていた佐倉は、はっと目を上げた。

「相談できる人がいます」

そう言うやいなや、携帯で電話をかける。

「滝さん！」

電話がつながると同時に叫ぶように呼ぶと、落ち着いた声が返ってきた。

「どうした?」

「仕事中にごめん。でも、助けてほしいんだ」

「すぐに行くから待ってろ」

それだけ言って、電話は切れた。何も聞かず、何も言わない。でも彼は来てくれる。佐倉はぎゅっと携帯電話を抱きしめた。

話を聞いた滝は、あいかわらず冷静だった。送られてきた写真をじっくり見て、感想を漏らす。

「壁の感じからして、監禁場所は地下室か倉庫のようですね」

「それで、どう思う? やっぱり警察に知らせたほうがいいかな」

不安そうな遠藤の言葉に、滝は小さく首を振った。

「権田は記者なので、情報源として警察にツテがある可能性はあります。ここまでする以上、追い詰められたら、本当に危険な状況になるかもしれません」

佐倉は青くなった。

「見たこともない証拠保管室に入るなんて、俺にはできないよ。飛ぶ場所をコントロールできないのは、滝さんも知ってるだろ。でも言われたものを持っていかないと、結局は教授の身に危険が…」

「権田はお前ができないことを知らないんだろう?」

「たぶん…」

「それなら、まだ時間はある。教授の携帯は？」

「電源を切られてると思う」

「権田のほうの携帯から情報を得るには、警察の協力がいるな。信頼できる連中に連絡を取って、秘密裏に動いてくれるか頼んでみよう。権田の足取りをつかめれば……」

「あっ」

いきなり声をあげた佐倉に、まわりの視線が集まった。

「なんだ？」

「遠藤さんなら教授が見えませんか？　どこにいるか分かるかも」

遠藤が目を瞬く。

「そうか、その手があったよな。動揺して忘れてたぜ」

遠藤はその人に意識を集中すると、『見る』ことができる。人捜しには最適な能力の持ち主なのだ。望月が呆《あき》れたように遠藤を見た。

「しっかりしてよ」

「君だって忘れてたくせに」

「いいから、早くやってみて」

「分かったから、ちょっと静かにしててくれ」

遠藤がまわりを手で押さえるような仕草をして、目を閉じた。全員が息を潜めて見守る中、ゆっくりと深い息を吐く。

じっと意識を集中しているのだろう。ぴくぴく目蓋《まぶた》が震えたかと思うと、急に目が開いた。

「どうでした？」

意気込んで聞く佐倉に、遠藤が頷く。

「見えたぞ。ぐったりしてるが、無事なようだ。教授がいるのは、何かがらんとした大きな部屋だな。まわりには何かの部品か、車のタイヤみたいなものが転がってる。窓は曇ってて、外の景色は見えない」

ふうっと息をつく。

「すまん。見えたのはそれくらいだ。場所を特定する手がかりにはならないな」

滝が思案げに言う。

「監禁場所は何かの倉庫か、使われなくなった作業場という線が強いですね。車の修理工場かもしれない」

「じゃあ、廃業した修理工場を調べれば…」

希望に満ちた目を向けると、滝が首を振った。

「都内にいくつあると思ってる。違法なものまで合わせれば、全部調べるのは至難の業《わざ》だ」

「う…」

遠藤には波多野が見えるのに。せっかくの情報を役立たせることができない。ほかにできることはないのだろうか。

ふと、ある考えが頭に閃《ひらめ》いた。あまりに荒唐無稽《こうとうむけい》だが、可能性はゼロじゃない気がする。駄目もとでやってみる価値はあるかもしれない。

「望月さんは人の感情を読み取るだけじゃなくて、伝えることもできましたよね」

いきなりの質問に、望月が眉《まゆ》を引き上げた。

「教授によると、私は少々敏感すぎる受信体なのよ。でも確かに、こちらから発信することもあるわ。一般的な表現で言えば、以心伝心ね。口に出さなくても、相手に考えてることが伝わるってこと」

「遠藤さんが見た場所を、俺に伝えることはできませんか？　そうしたら、俺がそこに飛べるかも」

望月は遠藤と目を見交わした。

「テレビドラマみたいに、はっきり考えが読めるわけじゃないのよ。彼の頭の中に浮かんだ場所を伝えるなんて無理に決まって…」

「そうでもないぞ」

興奮した面持ちで遠藤が遮った。

「俺が見た場所に佐倉が飛べたら、応用範囲がすごく広がるって前から思ってたんだ。やってみる価値はあるんじゃないか？」

「またあなたは脳天気なこと言って。そんな馬鹿なことしてる場合じゃないでしょ」

懐疑的な望月に、佐倉は自信を持って断言した。

「大丈夫です。これが駄目でも、滝さんがいますから」

失敗を前提にするのもどうかと思うが、正直な気持ちである。

「俺の力なんかより、滝さんのほうが信頼できるのは確かです。でも教授は俺たちの力をギフトだと言いました。せっかく持って生まれたものなら、役に立たせたい。一度くらい、試してみませんか？」

望月が驚いたように佐倉を見つめ、それから滝に目を移した。

「佐倉くんがこれだけ信頼してるんだから大丈夫だと思うけど、具体的にはどうするの？」

全員の視線を受けて、滝がわずかに苦笑した。

「俺はただの警備員で、できることは限られます。教授の身の安全を第一に考え、権田に分からない範囲で警察に動いてもらったほうがいいでしょう。携帯電話の情報と遠藤さんが見た状況で、場所を絞れるかもしれません」

「もし、時間内に教授の居場所が分からなかったら？」

「最終手段としては、証拠品を渡す振りをして、権田の身柄を確保することです。そのあとは捜査の進展を待つしかないですが」

望月がふっと息を吐く。

「なんか、佐倉くんの気持ちが分かったわ。滝さんと話したら気持ちが落ち着いてきた。こうなったら、やってみてもいいか」

「よし、いいぞ。これができたらすごいじゃないか」

渋々ながら同意してくれた望月と、やる気満々の遠藤を見て、佐倉はためらいがちに切り出した。

「でもそれをやるに当たって、一つ問題が…」

「なんだ？」

ちらりと滝に目を走らせる。

「その、俺が飛ぶ場所をコントロールするには、滝さんがいないと…」

「ああ、キスしなきゃ飛べないんだよな」

遠藤にはっきり言われてしまい、ぼっと赤くなる。

「一人で飛ぼうとはしてみたんですが、うまくいかなくて…」

「別に恥ずかしがることないわ。力を使うのに、何か条件付けが必要な場合もあるのよ。ライナスの毛布みたいなものね」

「ライナスの毛布…」

望月の言葉に、がっくりしてしまう。それって確か、子供が安心感を得るためのものである。自分は滝を安心毛布の代わりにしているのだろうか。

「ごめん、滝さん。その、すごく悪いんだけど、協力してくれる？」

毛布扱いの上に、二人の前でキスしろと言っているのだ。嫌がられるのを覚悟で見上げると、滝が肩をすくめてみせた。

「本当にそんなことができるのか？」

「分からない。でも滝さんがいれば、できるような気がするんだ。今までもそうだったから」

するとわずかに、滝の口元が笑んだ。

「じゃあ、やってみるか。確かに、やってみて損はない」

遠藤がぽんと手を打った。

「決まったな。じゃあ、どうする？　みんなで輪になるか？」

「まあ、確かに、相手に触れたほうが伝えやすいわね」

望月が賛同したので、四人が輪になって肩を組んだ。

「まず、遠藤さんが教授を見て、それを私が佐倉くんに送ればいいのよね。それで、滝さんが佐倉くんにキスする」

改めて言われると、どぎまぎしてしまう。滝のほうは至極冷静に頷いた。

「分かった」

「これって、ヒーローものっぽくないか？　エスパーフォーって感じ？」

楽しそうに言う遠藤を、望月が睨んだ。

「くだらないこと言ってないで、集中しなさい」

「はいはい」

遠藤が真面目な顔になって大きく息を吐く。佐倉もぐっと気を引き締めた。目を閉じた遠藤に呼応するように、望月も目を閉じる。

ふっと佐倉の脳裏に、教授の姿が浮かんだ。次の瞬間、滝が顔を倒してキスをした。

全身に稲妻が走ったようだった。今回は身体が浮き上がるというより、吹き飛ばされるような感覚だ。頭ががんがんして、何も聞こえない。

ようやく耳鳴りが治まったので、そうっと目を開けてみる。目の前に、波多野がいた。まわりには全員いる。四人一緒に飛んできたのだ。

「やった…」

呟《つぶや》いた矢先、身体から力が抜けた。組んでいた腕を解いたとたん、へたっと床に座り込んでしまう。

遠藤がすばやく波多野に駆け寄った。

「教授！」

口からガムテープを引きはがすと、波多野が小さくうめいた。

「おお、みんなで飛んできたのかね。それはすごい！」

やはりここは、自動車の修理工場だったらしい。土台だけになった車や、塗装用の機材が隅のほうに置かれたままだ。

遠藤が見た通り、窓はみんな曇っていて、場所がどこだかは分からない。

「このような協力態勢は、まったくレアなケースだよ。研究所に戻ったらさっそく検査しないと」

誘拐された人質とは思えない興奮ぶりに、遠藤が呆れたように言う。

「そんなことより、早く脱出しますよ、教授」

波多野の縄を解いているところで、望月がはっと目を見開いた。

「誰か来るわ。ドアの向こう」

滝が素早くドアのほうへ移動する。ドアを開けて入ってきたのは、権田だった。佐倉たちの姿を見て、形相を変える。

「貴様ら……！」

権田がポケットからナイフを取り出した瞬間、ドアの陰にいた滝が動いた。手刀を首の後ろにたたきこみ、よろめいたところで腕を締め上げる。

ナイフが床に落ちると、背負い投げの要領で滝が権田を投げ飛ばす。権田は受け身を取れずに床にたたきつけられ、動かなくなった。

気がついた時、佐倉は滝のベッドの中にいた。彼が権田を投げたところまでは覚えているのだが、そのあとの記憶がない。

どうやら、また気を失ったようである。力をコントロールして望みの場所に飛ぶと、体力を使い果たすのだろうか。

あれからどれくらい時間がたったのだろう。ごそごそとベッドから起き出し、寝室を出る。滝はコーヒーを手にしてキッチンにいた。

「おはよう、滝さん…」

ほかにどう言えばいいか分からず、そう呼びかける。滝が音を立ててカップを置き、素早くこちらに向かってきた。

「目が醒《さ》めたのか、佐倉」

「えっと、俺また、一日寝てた…？」

「今回は二日だ」

「二日も…」

「そろそろ病院に連れていこうかと思っていた」

「ご、ごめん、心配かけて」

「気分は悪くないか？　どこか痛むところは？」

「大丈夫」

佐倉の具合を確認したとたん、ぎゅっと抱きしめられていた。

「滝さん？」

「お帰り、佐倉」

その言葉に、彼の気持ちが込められている気がする。ずっと佐倉が目覚めるのを待っていてくれたのだろうか。

「た、ただいま」

胸が熱くなってしまい、なんとかその返事だけを口に出す。滝が身体を離して少し笑った。

「お前がいつも挨拶する気持ちが分かるな」

「え？」

「どこか特別な感じがする」

「あ…」

言葉にされて、改めて気づく。

初めて会った時から、滝に挨拶するのが楽しみだった。それがどうしてなのか、自分ではあまり意識してなかったと思う。でも今では分かる。

「滝さんは俺にとって、ずっと特別な存在なんだ」

彼の目を見て続けた。

「馬鹿みたいだけど、以前の俺は人が怖くて、気軽に挨拶することもできなかった。でも滝さんだけは違う。滝さんだから俺は…」

「ああ、分かってる」

滝がそう言って、微笑んだ。普段はあまり表情を変えない彼が、ぐっと優しい感じになる笑顔。佐倉はそういう彼の顔がすごく好きだった。

「滝さん…」

無性に彼に触れたくなって、無意識のうちに手を伸ばしていた。そうっと彼の頬《ほお》に触れる。男らしくて鋭い顎《あご》の線。指を滑らせると、唇に触れた。飛ぶためのキスも、そうじゃないキスも何度もした。でもまだ、ぜんぜん触れ足りないと思う。

彼は背が高いから、このままではキスできない。首筋をたどって髪に指を潜らせ、少し力を入れてみる。すると願いが通じたのか、彼が顔を倒してくれた。

唇が触れようとした瞬間に奇妙な音がして、佐倉ははっと我に返った。

「えっと、あの、これは…」

滝がぶっと吹き出した。

「まずは腹ごしらえだな」

「う…」

奇妙な音は、自分の腹が鳴った音だった。目が醒めると同時に、腹の虫も起き出したらしい。

「二日も食べてないんだ。胃に優しいものを作ってやる」

「じゃあ、手伝う」

「いいからお前は座ってろ」

キッチンから追い払われ、佐倉はすごすごとダイニングの椅子に向かった。せっかくいいムードだったのに、腹の虫に邪魔されるなんて。

さっきは起きたばかりで、まだ夢の中にいるような気分だった。滝が笑ってくれたから、つい自分からキスをねだってしまった。

頭が働き始めると、いろいろ思い出してくる。波多野の誘拐騒ぎでうやむやになってしまったが、滝は佐倉に怒っていたはずだ。

彼は佐倉が触れても拒まなかったし、抱きしめてもくれた。寝込んでいる間に彼の怒りが治まったのだとしても、このまま曖昧《あいまい》にしておいていいのだろうか。

問題を放っておいたら、いつかまた同じことで怒らせてしまうかもしれない。彼を失わないための努力を忘れないようにしなければ。

滝は細かく刻んだ野菜が入ったおじやを作ってくれて、佐倉はそれをがつがつと平らげた。ようやく少し落ち着いた頃、滝が事件の顚末《てんまつ》を話してくれた。

あのあと権田を警察に引き渡し、元同僚のよしみで捜査状況を教えてもらったらしい。

権田が欲しがっていた証拠品は、女性を襲った暴行事件のものだった。薬を嗅《か》がせて抵抗を奪って乱暴した上に、その時の写真を撮り、警察に届ければネットにバラまくと脅していたという。

だがその女性は脅迫に屈することなく、警察に訴えたのだ。権田は覆面をかぶり、コンドームを使っていたが、証拠として押収された女性の服には汗がついていた。

権田は記者として暴行事件を取材するという名目で探りを入れ、汗からＤＮＡが検出されたことを知った。

照合するデータがなければ、犯人の特定はできない。さらに証拠そのものを始末してしまえば、たとえデータが残っていても証拠能力は失われる。

防犯カメラの映像などから、捜査の手が自分に近づいているのを感じた権田は、立場を利用して情報を集めた。でもさすがに証拠保管室には容易に近づけない。ところがそこで、佐倉のことを知った。

佐倉の能力は、彼にとって渡りに船である。佐倉を利用して証拠を始末し、共犯者にすることで口を封じようと考えていたのだ。

「警察でも容疑者として権田が浮上していて、任意同行する矢先だったらしい。だからＤＮＡ鑑定される前に、証拠を始末する必要があったんだろう」

「それであんなに急いでたんだ…」

「権田の被害者は、ほかにも数人いるようだ。写真の流出に怯えて、警察に届けなかった女性たちだ。一つの悪事が露見すれば、ほかの悪事も露見する。たたけば埃《はこり》がいくらでも出るだろう。汚いことをする奴だ」

滝が珍しく感情を表に出している。人の弱みにつけこんで、強請《ゆすり》や脅迫をするような者への怒り。そんな汚いことの片棒を担がないですんで、本当によかったと思う。

そこでふと、肝心なことを思い出した。

「教授は無事だったんだよね？」

「ああ。女性たちに使った薬で眠らされていただけだ。一応は病院で検査したが、問題はないということだった」

「よかった…」

「お前に関わるなと直談判に行ったところで、逆に襲われたそうだ。あの修理工場は前に盗難車の改造を行っていた場所だが、警察に摘発されてから廃墟《はいきょ》になっていた。権田はそれを知っていて、監禁場所に利用したんだろう」

拘束されていた波多野の姿を思い出し、思わず溜息《ためいき》が出る。

「直談判なんて、無茶なことするから…」

「あの教授はたいした人物だな」

滝が首を振ってしみじみと言う。

「警察の上層部に強力なコネがあるらしい。権田は暴行容疑で逮捕されたが、研究所や誘拐の件は表に出さずにうまく収めてしまった」

「そういえば、手を打つって言ってたけど…」

あの意味は権田と話をつけることではなく、対外的に手をまわす、ということだったのだろうか。

「教授は大企業や政府関連と仕事してるし、いろいろコネがあるのかな」

「思っていた以上に、大物だ。お前が俺より信頼するのも無理はない」

「え…」

どきっと心臓が鳴り、思わず佐倉は椅子から立ち上がっていた。

「そ、そんなことないよ。確かに教授のことは信じてるけど、それは家族みたいな感覚で、滝さんへの気持ちとは違う」

どちらも大切な人だが、その感覚は比べようがない。

「権田にまた超能力騒ぎを起こすと脅された時、俺はすごく怖かった。正直に言えば、もし力をコントロールできるなら、言いなりになったかもしれない。でも、滝さんの顔を思い浮かべたら、今度は何があっても乗り越えられると信じられたんだ。俺に勇気をくれるのは、いつだって滝さんなんだから」

佐倉は誰より彼を信じている。だから滝にも信じてほしいと思う。必死の思いで見つめていると、滝が苦笑を浮かべた。

「お前の気持ちは分かってる。分かってるが、俺が勝手に嫉妬《しっと》してるだけだ。気にするな」

「し、嫉妬って、滝さんが…？」

「お前は自分で恐怖を克服し、力をコントロールして教授を助け出した。俺が守る必要はないと分かっていても、お前を守るのは俺だと思いたい」

　ふっと溜息をつく。

「だが、権田に見張られていて、写真を撮られたのにも気づかなかった。そんなミスをするようじゃ、お前を守るのは教授のほうが適任だと思えてくる。お前と暮らしているのに浮かれて、注意力散漫だった証拠だ」

「た、滝さんが浮かれて…？」

「そのあとは護衛に徹してたんだが、権田と直接対決した教授には、やはり先を越された気分だ」

「ひょっとして、何度も家を空けてたのは…」

「外を見まわっていた。二度と同じミスはしたくないからな」

「じゃあ、なんとなくよそよそしかったのも…」

「お前に触れると、どうしても気がゆるむ。緊張感を保つには、離れてるほうがいいだろう」

「なんだ…」

　あれは佐倉を避けていたのではなく、護衛に徹していたせいなのか。そう思ったら身体から力が抜けて、佐倉は床にしゃがみこんでしまった。

「どうした？」

驚いたように近づいてくる滝を見上げる。

「そういうことは、もっと顔に出してほしい」

心の底からそう思う。

「俺が勝手な行動を取ったから、ずっと怒ってると思ってたんだ。外に出てくのは、一緒にいたくないからかもしれないって」

「そんなわけないだろう」

「滝さんは俺が遠慮してるって言うけど、滝さんも俺に何も言わなすぎるよ。もっと言いたいことを言ってくれていいんだ。俺はテレパスじゃないし、言ってもらえないと不安になるから」

「くだらない嫉妬をしてることなんて聞きたいか？」

「聞きたい。何を言われても、俺はきっともっと滝さんを好きになる。一緒に暮らせて浮かれてたのは、俺のほうなんだ。新婚みたいな気分になってて…」

自分で口にして、赤くなってしまう。滝が手を伸ばし、佐倉を立たせてくれた。

「本当になんでも言っていいのか？」

「隠さないで言ってほしい」

真剣に頼むと、滝が口元を引き上げた。

「二日もお前の寝顔を見てたから、そろそろ限界だ」

「え…？」

「お前が病み上がりなのは分かってるが、もうあまり待てそうにない」

「あ…」

彼の言う意味を察して、心臓が跳ね上がった。

「べ、別に病気じゃないし。もうぜんぜん大丈夫だから」

「手加減できないかもしれないぞ」

心臓の鼓動がうるさくて、滝に聞こえてしまいそうだ。でも彼が心のうちを話してくれたのだから、自分も正直にならなければ。

「手加減なんてしてほしくない。さっきだってすごく滝さんに触れたくて、つい手が伸びちゃったんだ。俺だって…」

ぐっと羞恥《しゅうち》を抑え込み、彼の目を見て続ける。

「俺だって、滝さんが欲しい」

「佐倉…」

滝の瞳が熱を持つ。自分を焼きつくそうとするような視線が、すごく嬉しい。彼も佐倉を求めてくれていると分かるから。

彼の顔が近づいてくる。どきどきしながら目を閉じようとして、はっと気がついた。

「ま、待って、滝さん」

「なんだ？」

「うっかりしてたけど、またどこかへ飛んじゃうかも…」

「その時はその時だ」

「で、でも…」

「大丈夫だ。どこへ行っても、俺がお前を守る」

どきりと心臓が鳴った。

『お前を守る』

その言葉が、彼の深い気持ちを伝えてくれる。滝にとって、それが何より大事なことなのだと分かるから。

「滝さん…！」

佐倉は我慢できず、自分から彼に抱きついた。滝のたくましい身体が佐倉を受け止め、抱き返してくれる。

目を瞑《つぶ》り、夢中で唇を重ねた。頭がくらくらする。わずかな浮遊感のあと、どこかやわらかいところに背中が触れた。

また飛んでしまったのだろうか。もしかするとここは、知らない場所の芝生《しばふ》の上なのかも。

潜在意識が勝手に飛ぶ場所を選んでしまうなら、前に滝が言ったような、下がやわらかくて景色が綺麗なところかもしれない。

たとえここが外だとしても、やめることなどできない。やめたくない。

何も考えるなというように、キスはもっと深く、もっと激しくなった。熱い舌が入ってきて、佐倉の舌を搦《から》め取り、自らも動けと要求する。

必死で舌を動かし、息もできないようなキスに応《こた》えているうちに、ほかのことはどうでもよくなってしまった。

もう場所なんかどこでもいい。滝が触れてくれるなら。佐倉は目をきつく閉じたまま、彼の背中にしがみついた。

滝が佐倉のシャツをはだけさせ、素肌に触れる。彼に触れられたところがビリビリし、そこに熱が溜《た》まっていく。

下着ごとズボンを引き下ろされても、素直に従った。剝《む》き出しにされた感覚にわずかに震えたが、隠そうとは思わない。

自分で足を開いて、彼の身体を挟んだ。

「滝さん…っ」

焦燥感に突き動かされ、切羽詰まった声で呼ぶ。どこに飛ぼうと、この瞬間は何にも邪魔されたくない。早くつながってしまいたくて、やみくもに彼を引き寄せた。

滝は足の間に身体を進めてきたが、急ごうとはしなかった。指を後ろに差し入れ、もう片方の手ですでに硬くなった佐倉のものを擦《こす》り上げる。

瞬く間に上り詰めてしまいそうな興奮に捉《とら》われ、佐倉は激しく身悶《みもだ》えた。

「やだっ、滝さ…っ」

一人でイくのは嫌だった。今はどうしても、彼と一緒にイきたい。

「早く…！」

侵入してきた指を締めつけ、腰をうごめかす。どうすれば、彼を欲しがっているのが伝わるのだろう。

分からないままに腰を動かしていると、滝が低く唸《うな》った。

「あまり煽《あお》るな」

「だ、だって、手加減しないって、言ったのに」

「じゃあ、俺にしがみついてろ」

「うん…！」

指が引き抜かれ、彼は少しずつ慎重に身体を進めてきた。背中にまわした腕から、彼の張り詰めた硬い筋肉が感じられる。

ゆっくりと制御された動きのために、力を抑制しているのだろう。いつも滝はそうして傷つけないように、佐倉の快感を優先してくれる。

手加減しないなんて言っても、いつだって滝は優しいのだ。でももう、我慢なんかしないでほしい。

「も、もっと、滝さん……！」

煽るな、と言われた動きを繰り返してみる。彼を締めつけると内側に電流が走り、佐倉は息を喘《あえ》がせた。

「め、めちゃくちゃにしてくれて、いいから……！」

「佐倉…」

低くかすれた声で呼んだあと、滝はいったん身体を引いた。腰を持ち上げられ、さらに足を広げられた瞬間、再び貫かれる。

速く激しく奥まで突き入れられ、全身がバラバラになりそうな衝撃が走った。嵐《あらし》の中で救いを求めるように、佐倉は必死で彼につかまった。

彼の手が前にまわり、再びペニスを扱《しご》き上げる。それと連動するように突き上げられると、耐えがたいほどの快感の波が襲ってきた。

「あ、ああ…っ！」

まるで、肉体だけの存在になってしまったようだった。すべての感覚が滝とつながっている部分に向けられ、貪欲《どんよく》に快感を貪《むさぼ》っている。

彼の力強さを感じ、欲望の激しさに目がくらむ。大きく突き上げられるたびに、押し留めようもなく絶頂に追いやられていく。

「ひっ、ああっ！」

一気に解き放たれた時、彼以外はすべてまわりから消えてしまった。

「目を開けても大丈夫だ」

息が収まってくると、滝の声が耳元で聞こえた。

そろそろと目を開けてみる。見慣れた天井。背中には、やわらかい感触。これはベッドのスプリングだ。二人は滝の寝室にいた。

「えーと、ベッドに飛んだ…？」

「いや、俺が運んだ」

「じゃあ、飛ばなかったんだ！」

喜びに声が震えてしまう。滝がかすかに笑った。

「また力が消えたか、コントロールできるようになったかだな」

「どっちでもいいよ。キスしても飛ばなくてすむなら」

興奮する佐倉の頭を、滝が軽く撫でてくれた。

「お前が俺とキスしないと飛べないのは、俺のせいかもしれないな」

「な、なんで？」

「お前一人に危険なことをさせたくないし、ほかの奴とあまり関わらせたくない。俺の独占欲が力に影響しないとはいえないだろう」

佐倉は思い切り首を振った。

「それなら、きっと俺のせいだよ。もともとは俺が滝さんを好きになったせいで、こんなことになったんだと思う。もしかしたら、何か理由をつけてキスしたかったのかも…」

「爆弾や誘拐がその理由か？」

「い、意識したわけじゃないから！」

「事件が解決して、安心してキスできるようになれば、飛ばなくなるわけか」

「違うよ」

佐倉は彼の顔を見つめた。

「俺が安心してるのは、滝さんといるからだ。滝さんといれば、何があっても大丈夫だって思えるから」

滝がふっと笑って、唇を近づけてくる。触れる寸前で、つい聞いてしまった。

「ほんとにもう大丈夫だと思う？」

「いいから、目を閉じていろ」

佐倉は喜んで目を閉じた。どこへ飛んでしまおうと、きっと滝が守ってくれるから。


「ふむ、また飛べなくなったのか。今は幸せいっぱいだから、飛ぶ必要がないんだね」

さらりと言う波多野に、佐倉はぼっと赤くなった。

「し、幸せいっぱいって、どういう…」

「新婚旅行の休暇を取ってもいいんだよ」

「違います！　今は同居を少し延長してるだけで…」

「なんにせよ、精神的に安定するのはいいことだ」

佐倉はその言葉の意味を考えた。

「…俺の力は、不安や危険を感じると発動するんでしょうか」

「そうだとすると、滝くんとのことに不安を感じなくなったということかな。やっぱり災い転じて、になっただろう」

誘拐のことなどすっかり忘れたような波多野に、佐倉は呆れた目を向けた。

「冗談ごとじゃないですよ、教授。二度と一人で直談判に行くなんてことはしないでください」

波多野は渋い顔をした。

「あの時は、いきなり権田が誘拐を思いついて行動を起こしたから、危険を察知するのが遅れたんだ。考えるより先に行動するとはけしからん」

「けしからんって、スポーツ選手ならみんなそうじゃないですか？」

「普通は咄嗟に犯罪をしようとは思わんだろう。権田には、人の恐怖を察知する能力があったのかもしれんな」

「テレパスの一種ということですか？」

「人の能力は様々だ。残念ながら負の力もある」

怖いと思うものは、人によって違うだろう。何を一番恐れているかが分かれば、それがその人の弱みになる。

権田はそういうものを感じ取り、脅迫や強請に利用したのだろうか。

佐倉が怖いものは『他人』で、『力』を知られるのが怖かった。でも今は、もう怖くない。怯えて縮こまり、まわりの人や自分から逃げるようなことはしたくない。

本当に怖いのは、滝を失うことだから。

佐倉の心を察知したように、波多野が急ににっこりした。

「実はね、滝くんには人の能力を高める力があるんじゃないかと思ってるんだ」

「え…」

「遠藤くんが見た場所を望月くんが伝え、佐倉くんがその場所へ飛ぶなどということは、なかなかできることじゃないよ。滝くんは触媒のような役割をしていると思っていたが、もっと重要な存在かもしれん。ぜひ検査に来るよう、すすめてくれたまえ。ほかのメンバーとの相性も試してみたいし」

佐倉はどきっとした。

「だ、駄目です、滝さんには仕事があるし、超能力に興味はないって言ってましたから！」

そう断言し、そそくさとその話題から逃げ出した。

独占欲が強いのは、自分のほうかもしれない。滝がほかの人と検査をしている姿を想像するだけで、胸が焼けるように感じてしまう。

もし滝にそういう力があるなら、使う相手は自分だけにしてほしい。佐倉が彼とキスしないと飛べないように、滝の力も限定されているといい。

理由なんか必要なく滝とキスできれば、それこそが本当のギフトだと思うのだ。

あとがき

こんにちは。洸《あきら》です。

今回は、キスするとテレポーテーションしてどこかへ飛んでしまう、というちょっと変わったお話です。

過去の経験から、『他人』が怖くてうまく付き合えない佐倉《さくら》と、元警官で勘が鋭く、感情を表に出さない警備員の滝《たき》。

滝に密《ひそ》かに恋心を抱いていた佐倉ですが、朝の挨拶《あいさつ》をするのが精一杯。ところが、偶然唇が触れた瞬間、一緒に見知らぬ場所へ飛んでしまいます。

キスしないと力が使えないため、『実験』や『訓練』でキスすることになった二人。果たして彼らは、本当のキスができるようになれるのか？

実はこの設定、ずっと昔、まだ学生の頃に考えたものです。その頃に考えていたのは、宇宙船ごと飛んじゃうという、ＳＦ心満載な感じでした。

ずっと温めていた話を、このような形で書かせていただいて、とても楽しかったです！

しかも挿絵を、長門《ながと》サイチさんに書いていただいて、感謝感激です。ラフを見せていただいた時から、制服姿の滝がカッコよくてくらくらしてしまいました。

素敵なイラストと一緒に、みなさまにも楽しんでいただければと思います。

私はけっこう子供の頃から物語を考えたりするのが好きだったのですが、思いついた話を書き留《と》めたノートが残ってます。

今それを見てみると、トンデモ設定がいっぱいあって笑えます。

大学生がアメリカンヒーローみたいになって、悪の組織と戦うとか。その悪の組織のトップが、実はお父さんなんですね。

親友に正体がバレた時点で姿を消すことになってますが、あの頃はいったい何に萌《も》えてたんだろう…。我ながら謎のヒーローものでした。

なお、私は「祭り囃子《ばやし》」というサークルに所属しております。イベントなどにもそこで参加してます。　http://www1.odn.ne.jp/matsurib/

ブログもちまちまっと更新しておりますので、お暇な時はのぞいてみてください。

最後になりましたが、読んでいただいた読者の皆さまに、厚く御礼申し上げます。

二〇一五年　初春　洸

この本を読んでのご意見、ご感想を編集部までお寄せください。
《あて先》〒105－8055　東京都港区芝大門2－2－1　徳間書店　キャラ編集部気付
「闇を飛び越えろ」係

■初出一覧

闇を飛び越えろ……小説Chara vol.28（2013年7月号増刊）
光を突き抜けろ……書き下ろし

Chara

闇を飛び越えろ

……【キャラ文庫】

2015年1月31日　初刷

著　者　洸

発行者　川田 修
発行所　株式会社徳間書店
〒105-8055　東京都港区芝大門2-2-1
電話　048-451-5960（販売部）
　　　03-5403-4348（編集部）
振替　00140-0-44392

印刷・製本
カバー・口絵　株式会社廣済堂
デザイン　間中幸子（COO）
編集協力　押尾和子

ISBN978-4-19-900782-8

洸の本

好評発売中

「常夏の島と英国紳士」

イラスト✦みずかねりょう

今日はいい波が来てる、最高のサーフィン日和だ——。非番には波乗り三昧のダンは、ハワイの治安を守る刑事。ところが、その至福の時間に緊急コールが!? 待っていたのは、イギリスから詐欺事件の捜査に来た刑事・アーロン。常夏の島で、場違いなスーツにネクタイ。おまけに「熱い紅茶とロンドンの曇り空が懐かしい」と、あくまで英国スタイルを貫く紳士と、合同捜査をすることになり!?

洸の本

好評発売中

[灼熱のカウントダウン]

イラスト✦小山田あみ

社会を震撼させる爆弾テロ組織との命がけの戦い——。危険な任務に向かうのは、沈着冷静なテロ対策特別捜査官の工藤《くどう》琉己《りゅうき》。その相棒は、爆弾処理を担当する北浦大《きたうらたい》駕《が》だ。端正な要望に似合わず皮肉屋で、死と隣り合わせの状況を楽しんでいる。そんなある日、爆弾テロの容疑者が浮上して、二人で張り込むことに!!　ところが大駕が単独で被疑者を拉致してしまい、パートナー解消の危機に陥って!?

キャラ文庫最新刊

闇を飛び越えろ

洸

イラスト✦長門サイチ

トラウマ持ちで人づき合いが苦手な佐倉《さくら》の密かなお気に入りは、警備員の滝《たき》。ある日、偶然滝とキスしたら、テレポートしてしまい!?

検事が堕ちた恋の罠を立件する

中原一也

イラスト✦水名瀬雅良

検察事務官の桐谷《きりたに》の想い人は、相棒の検事・杉原《すぎはら》。けれど杉原には、片想いの相手が——!!想いを隠し、自ら身代わりに抱かれることに!?

囚われの人

水原とほる

イラスト✦高崎ぼすこ

兄さんだけが僕の全て——実業家の義兄・克《かつ》美《み》を慕う天涯孤独の美月《みつき》。ところが義兄に、仕事相手に体を差し出せと強要されて…!?

2月新刊のお知らせ

秀 香穂里　イラスト✦小山田あみ　[仮面の秘密]

田知花千夏　イラスト✦橋本あおい　[リスタート・キス(仮)]

松岡なつき　イラスト✦彩　[FLESH&BLOOD外伝2(仮)]

2/27(金)発売予定